3個問號偵探團 2

勇闖恐龍島

文 晤爾伏・布朗克

圖 阿力

譯 宋淑明

企劃緣起

現在，開始讀少兒偵探小說吧！

親子天下閱讀頻道總監／張淑瓊

閱讀也要均衡一下

爲什麼要讀偵探小說呢？偵探小說是一種非常特別的寫作類型，臺灣這幾年奇幻文學大發燒，類似的故事滿坑滿谷；除了奇幻故事之外，童話或是寫實故事也是創作和閱讀的大宗。偵探和冒險類型的小說相對而言就小眾多了。不過，偵探小說在全世界可是佔有很大的出版比例，光是看這兩年一波波福爾摩斯熱潮，從出版、電視影集到電影，就知道偵探小說的魅力有多大了。

但在少兒閱讀的領域中，我們還是習慣讀寫實小說或奇幻文學爲主，畢竟考試當前，升學掛帥，能撥出時間讀點課外讀物就挺難得了，在閱讀題材的選擇上，通常就會以市面上出版量大的、得獎的、有名的讀物爲主。殊不知，偵探故事是少兒最適合閱讀的類型，因爲它不只是一種文學，更是兼顧閱讀和多元能力養成的超優選素材。

成長能力一次到位

偵探小說是一種綜合多元的閱讀類型。好的偵探故事結合了故事應該有的精采結構、主角們在不疑之處有疑的好奇心和合理的懷疑態度，還有持續追蹤線索過程中的耐心與熱情，解答問題過程中資料的蒐集解讀、推理判斷能力的訓練，遇到難處或危險時需要的勇氣和冒險精神、機智和靈巧，還有和同伴一起團隊合作的學習，和面對彼此性格態度不同時的衝突調解和忍耐體諒。這些全部匯集在偵探小說的閱讀中，厲害吧！

閱讀偵探故事，可以讓孩子在潛移默化中培養好奇心、觀察力、推理邏輯訓練、資料蒐集能力、團隊合作的精神、人際互動的態度……等等。這麼優質的閱讀素材，怎麼能在孩子的閱讀書單中缺席呢！這就是爲什麼我們一直希望能出版一套給少兒讀的偵探小說系列。

閱讀大國的偵探啓蒙書

去年我們在法蘭克福書展撈寶，鎖定了這套德國暢銷三百五十萬冊、全球售出多國版權的【三個問號偵探團】系列。我們發現臺灣已經有了法國的「亞森羅蘋」、英國的「福爾摩斯」，還有我們出版的瑞典的「大偵探卡萊」，現在我們找到以自律、嚴謹聞名的閱讀大國德國所出版的「三個問號偵探團」，我們希望讓臺灣的讀者們也可以和所有的德國孩子一樣享讀這套「偵探啓蒙書」。跟著三個問號偵探團一樣，隨時準備好所有行動需要的工具，體會「空氣中突然充滿了冒險味道」的滋味，像他們一樣自信的說：「解開疑問就是我們的專長」。我們希望孩子們在安全眞實的閱讀環境中，冒險、推理、偵探、解謎！

推薦文

好文本×好讀者＝享受閱讀思考的樂趣

臺灣讀寫教學研究學會理事長／陳欣希

偵探故事是我最愛的文類之一。此類書籍能帶來「閱讀懸疑情節」和「與書中偵探較勁」的樂趣，但，能否感受到這兩種樂趣會因「文本」和「讀者」而異。以認知心理學的角度來看，「令人感興趣」即表示「大腦注意到並能理解」；容易被大腦注意到的訊息有兩種：新奇和矛盾，讀者愈能主動比對正在閱讀的訊息與過往知識經驗的異同，愈能將文字敘述轉爲具體畫面並拼出完整圖像，就愈能享受閱讀思考的樂趣。但，正邁向成熟的小讀者，仍在培養這種自動化思考的能力，於是，文本的影響力就更大了。

了解前述原理，再來看看【三個問號偵探團】，就不難理解這系列書籍能讓人一口氣讀完而忽略長度的原因了。

「對話」，突顯主角們的關係與性格

文中的三位主角就像其他偵探一樣，有著「留意周遭、發現線索、勇於探查」的特質，不一樣的是，多了「合作」。之所以能合作，友誼是主要條件，但另一條件也不可少，即，各有專長。此外，更不一樣的是，這三位主角也會害怕、偶爾也會想退縮，但還是因爲友誼，外加「幽默」，讓他們即使身陷險境，仍能輕鬆以對。要如何感受到三位偵探間的深厚情誼以及各自鮮明的個性特質呢?請留意書中的「對話」！

「情節」，串連故事線引出破案思惟

情節安排常會因字數而有所受限制，或是案件的線索太明顯、眞相呼之欲出，連讀者都能很快的知道事件的原由；或是線索太隱密，讓原本就過於聰明的偵探一眼識破，而一頭霧水的讀者只能在偵探解說時才恍然大悟。這系列書籍則兼顧了兩者。書中的數個情節，看似無關，但卻有條細線串連著。只要讀者留意一些看似突兀的插曲，留意加入故事的新人物，其實不難發現這條細線，更能理解主角們解決案件的思惟。

【三個問號偵探團】這系列書籍所提到的議題，是十歲小孩所關切的。再加上文字描述能讓讀者理解主角們的性格與關係，讓讀者有跡可尋而拼湊事情的全貌。簡言之，對十歲小孩來說，此類故事即能帶來前述「閱讀懸疑情節」和「與書中偵探較勁」的雙重樂趣。對了，想與書中偵探較勁嗎？可試試下列的閱讀方法：

閱讀中

根據文類和書名以形成假設
（我知道偵探故事有哪些特色，再看到書名，我猜這本書的內容是什麼？）

→ 尋找線索以形成更細緻的假設
（我注意到作者安排另一個角色或某個事件，可能與故事發展有關……）
（我注意到的線索、形成的假設，與書中偵探的發現有何異同？）

→ 帶著假設繼續閱讀

→ 連結線索以檢視假設
（哪些線索我比書中偵探更早注意到？哪些線索是我沒留意到？是否回頭重讀故事內容？）

推薦文

【三個問號偵探團】＝偵探動腦＋冒險刺激＋幻想創意

閱讀推廣人、《從讀到寫》作者／林怡辰

「老師，你這套書很好看喔！我在圖書館有借過！」、「我覺得這集最好看，老師這本你可以借我嗎？」自從桌上放了全套的【三個問號偵探團】，已經好幾個孩子過來「關注」：刺激、有趣、好看、一本接一本停不下來。都是他們的評語。

是的，【三個問號偵探團】就是一套放在書架上，就可輕易呼喚孩子翻開的中長篇偵探故事，每一本書都是一個驚險刺激的事件，場景從動物園、恐龍島、幽靈鐘、鯊魚島、古老帝國、外星人……光看書名，就覺得冒險刺激的旅程就要出發，隨著旅程探險，案件隨時就要登場！

故事裡三個小偵探，都是和讀者年齡相仿的孩子，十歲左右的年齡，帶著小熊軟糖、到達祕密基地，彼此相助和腦力激盪；勇氣是標準配備，細心觀察和思考是破案關鍵；好奇加上團隊合作，搭配上孩子最愛動物園綁架、恐龍蛋的復育、海盜、幽魂鬼怪神祕、幽靈船的膽戰心驚、陰謀等關鍵字。無怪乎，這套德國出版的偵探系列，一路暢銷、至今不墜，也輕易擄獲眾多國家孩子的心。

最值得一談的是，在書中三個小主角身上，當孩子閱讀他們的心裡的話、思考的模式：正面、善良、溫柔、正義；雖有掙扎，但總是一路向陽。讀著讀著，正向的成長性思維和不畏艱難的底蘊，輕鬆遷移到孩子大腦。

而且，這套偵探書籍和其他偵探系列的最大不同，除了場景都有豐富的冒險元素外，敘述和文字掌控力極佳，翻開書頁彷彿看見一幕幕畫面跳躍過眼簾，細節顏色情感，讀來感嘆萬千。不只偵探的謎底和邏輯，文學的情感和思考、情緒和投入，更是做了精采的示範！

在細緻的畫面中，從文字裡抽絲剝繭，一下子被主角逗笑、一下子就緊張的捏緊了拳頭。理解、整合、思考、歸納、分析，文字量適合剛跳進橋梁書的小讀者，當成偵探小說的第一次接觸。在享受文字帶來的冒險空氣裡、抓緊了書頁，靈魂跳進了迷幻多彩的偵探世界，大腦不禁快速運轉，在小偵探公布謎底前，捨不得翻到答案：「解開疑問就是我們的專長！」怎麼可以輸給三個問號偵探團呢！

就讓孩子一起乘著書頁，成為三個問號偵探團的第四號成員，讓孩子靈魂一起在文字裡探索、線索中思考、找到細節解謎，享受皺眉困惑、懸疑心跳加速，最後較量著誰能提早解謎，在三個偵探團的迷人偵探世界翱翔吧！

推薦文

值得被孩子看見與肯定的偵探好書

彰化縣立田中高中國中部教師／葉奕緯

在破舊鐵道旁的壺狀水塔上，一面有著白藍紅三個問號的黑色旗幟，隨風搖曳著，而這裡就是少年偵探團：「三個問號」的祕密基地。

開頭便用破題的方式進入事件，讓讀者隨著主角的視角體驗少年的日常生活，也在他們推敲謎團並試圖解決的過程中逐漸明白：這是團長佑斯圖的「推理力」，加上鮑伯的「洞察力」以及彼得的「行動力」，三個小夥伴們齊心協力，冒險犯難的故事。

而我們未嘗不也是這樣長大的呢？與兒時玩伴建立神祕堡壘、跟朋友間笑鬧互虧、跟夥伴玩扮家家酒的角色扮演，和大家培養出甘苦與共的革命情感——我們都是佑斯圖，也是鮑伯，更是彼得。

從故事裡不難發現，邏輯推理絕不是名偵探的專利。我們只需要一些對生活的感知力，與一點探索冒險的勇氣，就能擁有解決問題的超能力。

某日漫步街頭，偶然看見攤販店家爲了攬客而掛的紅色布條，寫著這樣的宣傳標語：「感謝XX電視台、〇〇新聞台，都沒來採訪喔！」看似自我解嘲的另類行銷，其實也在默默宣告著：「我們沒有強大的外援背書，但我們有被人看見的自信。」

【三個問號偵探團】系列小說，也是如此。

沒有畫著被害人倒地輪廓的命案現場、百思不解的犯案過程，以及天馬行空的破案手法等各式慣見的推理元素，書裡都沒有出現；有的是十歲孩子的純眞視角、尋常物件的不凡機關、前後呼應的橋段巧思，以及良善正向的應對態度。

或許不若福爾摩斯、亞森羅蘋、名偵探柯南、金田一等在小說與動漫上的活躍知名，但本書絕對有被人看見的自信，也值得在少年偵探類受到支持與肯定。

我們都將帶著雀躍的心情翻開書頁，也終將漾著滿足的笑容闔上。

來，一起跟著佑斯圖、鮑伯與彼得，在岩灘市冒險吧！

目錄

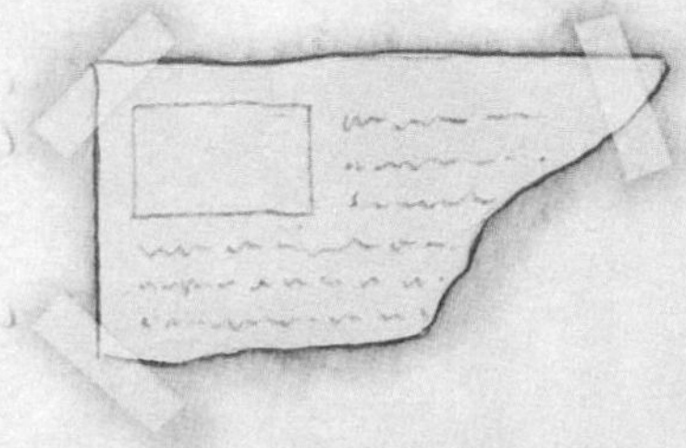

企劃緣起　現在，開始讀少兒偵探小說吧！　張淑瓊　2

推薦文　好文本×好讀者＝享受閱讀思考的樂趣　陳欣希　5

【三個問號偵探團】＝偵探動腦＋冒險刺激＋幻想創意　林怡辰　8

值得被孩子看見與肯定的偵探好書　葉奕緯　10

人物介紹　14

1 探險旅行　16

2 飛行恐懼症　23

3 康茄島　35

4 遊覽叢林　48

5 迷宮花園　61

6 鋼鎖殺手 72
7 蜥蜴谷 82
8 恐龍蛋 96
9 巨型滑水道 104
10 馭浪前進 116
11 意外的訪客 123
12 監聽 130
13 噗嚕、噗嚕、噗嚕 140
14 誕生時刻 150
15 追獵恐龍 156

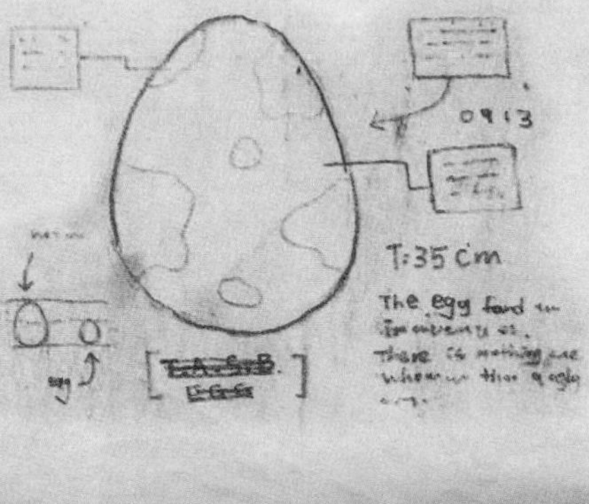

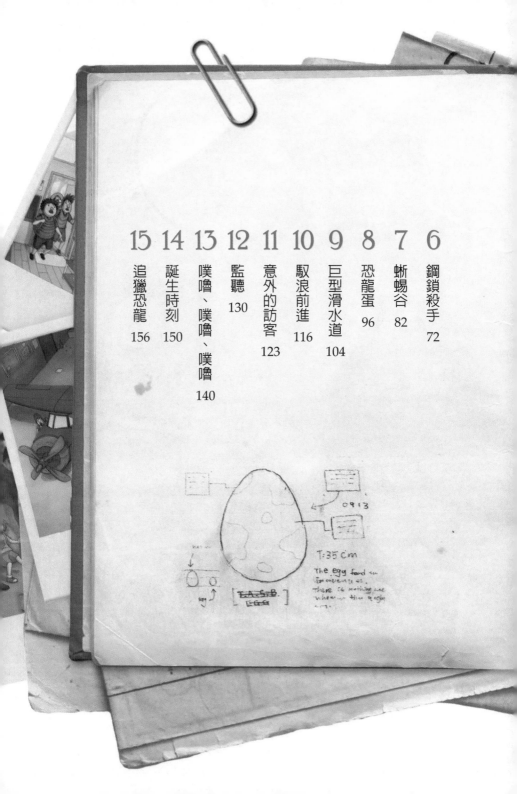

人物介紹

藍色問號：彼得·蕭

年齡：十歲

地址：美國岩灘市

我喜歡：游泳、田徑運動、佑斯圖和鮑伯

我不喜歡：替瑪蒂妲嬸嬸打掃、做功課

未來的志願：職業運動員、偵探、活到一百歲

紅色問號：鮑伯·安德魯斯

年齡：十歲

地址：美國岩灘市

我喜歡：聽音樂、看電影、上圖書館、喝可樂

我不喜歡：替瑪蒂妲嬸嬸打掃、蜘蛛

未來的志願：記者、偵探

白色問號：佑斯圖·尤納斯

年齡：十歲

地址：美國岩灘市

我喜歡：吃東西、看書、未解的問題和謎團、破銅爛鐵

我不喜歡：被叫小胖子、替瑪蒂妲嬸嬸打掃

未來的志願：犯罪學家

1
探險旅行

佑斯圖還半睡半醒的時候，門就被一頭撞開。

「醒醒！快點醒醒！」有個聲音大喊。

他一把將棉被扯過來蓋住頭頂，說：「嬸嬸，為什麼這麼早就叫我起床？現在是暑假耶。」結果闖進房間裡的，根本不是瑪蒂妲嬸嬸，而是他的朋友彼得和鮑伯。

「我的聲音聽起來像你嬸嬸嗎？」鮑伯把佑斯圖頭上的被子掀

開，噗哧一聲笑出來。

佑斯圖把枕頭丟到他身上，「喂，幹什麼啦！你們幹麼在這裡吵吵鬧鬧？」

「快起來，」彼得笑著說：「我們有一個驚人的好消息要告訴你！」

忍不住好奇心，佑斯圖從床上一躍而起，跟在他們屁股後面跑出去。瑪蒂妲嬸嬸、提圖斯叔叔和鮑伯的父親正坐在屋子的前廊。他們的面前攤著一張巨大的地圖。

「你們要去旅行嗎？」一頭霧水的佑斯圖問。

鮑伯指著地圖上的某一點，說：「答對了，我們要去康茄島！」

「康茄……什麼？」佑斯圖沒聽過這個名字。

鮑伯的父親這時候插話：「康茄島是一個小島，在太平洋外海上。島上現在為野生動物們蓋了一座很大的保護區，這個保護區就像非洲的野生動物園一樣。我接了動物保護區的案子，要去島上寫一篇有關園區的報導。」鮑伯的父親是一名記者，在美國洛杉磯一家很大的報社工作。

「太棒了，對不對？」彼得接著說：「保護區幾天後才正式開放，我們是第一批訪客。」

佑斯圖的腦子還沒轉過來，他問：「為什麼是我們？」

「因為我們被允許可以跟著我爸一起進去！」鮑伯有點不耐煩

了。「我爸寫他的報導，我們則在島上停留幾天，體驗一下非洲式的探險！」

瑪蒂妲嬸嬸忽然說話了：「等一下，我們還沒有答應呢！我才剛知道這件事還不到十分鐘。安德魯斯先生，這趟旅行會危險嗎？我的意思是，那個島上的野生動物都沒有關在籠子裡，不是嗎？」

鮑伯的父親安撫她：「不會危險的，您放心。那是一個讓人去參觀遊玩的地方，不是野地求生訓練營。我們是坐在吉普車上觀看動物，

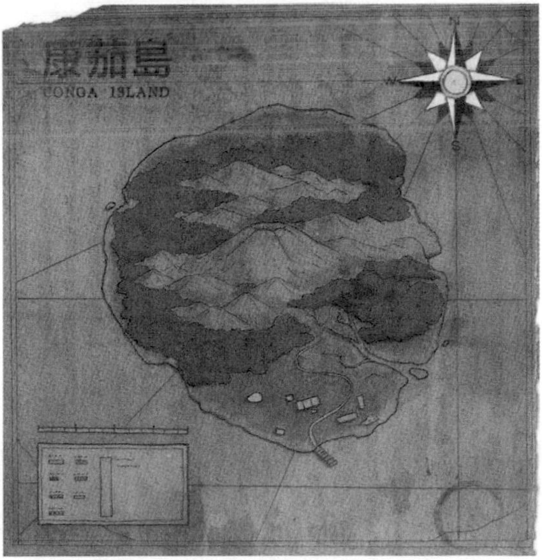

有些動物會被隔離在很大的圍欄裡面。當然，尤納斯太太，只有在您的許可下，我們才會帶佑斯圖一起去。」

瑪蒂妲嬸嬸用求救似的眼神看著丈夫。「提圖斯，你覺得呢？佑斯圖在那裡會被獅子吃掉嗎？」

提圖斯叔叔微笑著說：「我們可以在他身上塗芥末，這麼一來，獅子就不覺得他好吃了。不開玩笑了，現在說正經的，有安德魯斯先生在，我想不會發生什麼危險。畢竟，不是人人都有機會免費去野生動物園探險。到時候這三個小子甚至還可以做點學校的功課呢。」

佑斯圖現在完全清醒了。他馬上察覺，提圖斯叔叔正在幫他解圍，他立刻反應過來，大聲的說：「完全正確，這趟旅行一定對我們學校的功課很有幫助。最近生物課正在教關於野生動物的知識和牠們的生活環境，目前我們學到了獅子、鱷魚、斑馬、長頸鹿、猴子等動物。」

瑪蒂妲嬸嬸有點懷疑的看著他：「是真的嗎？」

「百分之百是真的。」佑斯圖並沒有說謊，下個學期的某堂課裡一定會教到野生動物。問題只在，還不知道是什麼時候呢！

鮑伯的父親再次指著地圖，「大家看，這是小島的全圖。島的北邊是給訪客住的小木屋，另外一邊則是園區。到康茄島通常是坐船，不過，這次我們要坐水上飛機。」

「水上飛機？」瑪蒂妲嬸嬸驚叫。「那不是更危險？唉，我看是阻止不了你們的，好吧，我就答應你們去探險吧！反正現在是暑假，而且又可以學點東西。你們什麼時候出發？」

鮑伯的父親低下頭看著地板，似乎很難為情的說：「嗯……正確的說，再過兩個小時就要出發了！在聖塔莫妮卡的飛航練習場上，已經停著一架飛機在等我們。我知道，這一切事情發生的速度都快得驚人，但我自己也是今天早上臨時才接到這個案子的。」

這時提圖斯叔叔站起來拍拍手，「好了，大家還等什麼？佑斯圖，整理好行李去康茄島吧！別忘了幫我帶一隻老虎回來！」

2

飛行恐懼症

不一會兒，彼得、鮑伯和佑斯圖已經坐在鮑伯的父親的車上了。瑪蒂妲嬸嬸在車子開走後還不停的在車後揮手，「不准調皮搗蛋，要平安健康的回來哦！安德魯斯先生，一切拜託您了！」

鮑伯的父親戴上太陽眼鏡，變速桿一推，說：「不用擔心，我會把這三個小子平安的帶回來。」這個時候，沒有人預料到，「三個問號偵探團」最艱困的探險就在眼前了！

到達聖塔莫尼卡的飛機場之前，他們必須在沿岸公路行駛一個小時左右。終於，鮑伯的父親指著一個殘破的路標，路標上畫著飛機圖案。「去飛機場要從這裡轉進去。咦，怎麼一個人都沒有？」機場由一個生鏽的鐵皮屋和一條幾乎被雜草覆蓋的跑道組成。安德魯斯先生直接把車子停在鐵皮屋前。等了一下，沒有人出來迎接，他按了按喇叭。「我希望我們來對了地方。這裡看起來不太像是正常的飛機場。」

當他按第二次喇叭時，一個穿著油膩膩的連身工作服、滿臉鬍鬚的男人跑出來：「搞什麼鬼，誰在製造噪音？」

鮑伯的父親下車，說：「我們訂了一班飛機飛往康茄島，現在在找機長。」

那人用牙齒咬掉雪茄的頭，噗哧一聲吐到鐵皮屋的推門上。「在下我就是機長。我以為您不來了，正想去睡回籠覺。這三個小鬼是誰？可沒有人跟我說有額外的乘客。我得多收點錢，飛機上每增載一公斤都要多耗油料，油料很貴的。為了載那邊那個小胖子，我必須再去加油，嘿嘿嘿！」

佑斯圖生氣的瞪著他：「我不知道您說的小胖子是誰。」在他繼續說下去之前，一隻沾滿機油的手搭上他的肩膀：

「好了好了，小子，我老史就是口無遮攔，不要介意啊。我們出發吧！請大家叫我『摔機老史』就好。」

彼得聽了喉嚨一緊，頓時感到呼吸不順：「為什麼您的外號叫摔機？您曾經摔過一次飛機嗎？」

機長大笑：「什麼一次，我摔機的次數多到我都數不清了！但是摔的不是飛機，摔的是我這個機長，而且是在酒吧裡。你們知道的啊，在『威士忌好朋友』酒吧裡。呵呵呵，不用害怕，小子們，我駕駛飛機的時候是滴酒不沾的。好了，現在我們把大鳥從機艙裡推出來吧！」

鮑伯不可置信的看著老史，說：「我們要自己推飛機？」

「你想咧？難道飛機是一條狗，你一叫它的名字，它就自己跑到你面前？不不不，愛瑪婆婆需要人把它推到機坪上。」

機長帶領大家進入停放飛機的大倉庫。他伸手一拉，扯下一塊大遮布，一輛古董單引擎小飛機出現在大家眼前。飛機外殼漆的是醒目

的大紅色，機身用黃色的顏料寫著：愛瑪號。

「大家一起動手推！預備，走！」

三個問號好驚訝，飛機怎麼這麼輕易就能被推動。終於，飛機在起飛點上就位了。他們一個一個爬上飛機，坐在已經凹陷的皮椅上。

老史坐在最前面，戴上一副超大的耳機。「各位，現在進行登機安全檢查：油料，有！方向舵，沒問題！油壓，O.K.！通訊系統作用中！廁所我也上過了！」然後他對著小小的麥克風說：「喂，喂喂喂，愛瑪號呼叫聖塔莫妮卡塔臺，請求起飛許可！」儀表板上的喇叭卻只傳出「嗤嗤」聲。

鮑伯的父親緊張的扣緊安全帶，問：「您確定塔臺的人聽得到嗎？」

機長沒好氣的說：「當然！他們什麼都聽得見，就是懶得回答你。」

他開動引擎，引擎「咳咳咳」咳嗽了老半天，終於砰的一聲吐出黑煙，發動了，機頭的螺旋槳也開始緩緩轉動。等了一會兒，機長伸手將一枝很寬的操縱桿向前推，飛機便慢慢的往前滑動。

「現在我們要把這隻小鳥帶上天囉！」他大喊。

乘客們顯得很不安，他們隨著飛機的滑動在座椅上左搖右晃，這副景象讓機長忍不住暗自竊笑。飛機愈跑愈快，直到機鼻子稍稍上揚之後，愛瑪號就飛起來了！

「成功了，好險。」安德魯斯先生驚魂未定的說：「我很好奇，接下來還會發生什麼事！」

今天的天氣很好，晴空萬里，海水反映著太陽的萬丈光芒。他們現在的位置在太平洋上空。機長輕鬆的往後一仰，點燃一根新的雪茄。「各位，我們大約要飛一個小時，然後就能看見小島了。如果到時候看不到小島，那就是我的指南針有問題。」他發出宏亮的大笑聲，嘴巴張大到幾乎要把雪茄吞進肚子裡。

彼得焦慮的一直在海上尋找小島。「康茄島上有飛機用的降落跑道嗎？」

老史輕輕的拉著操縱桿讓飛機向右轉彎。「康茄島上沒有降落跑道。我們要降落在水上。」

「在水上降落？」彼得這下傻眼了。

「完全正確。我一按下按鈕，愛瑪號的肚子下面就會長出一對滑水翼。至少上次是這樣的。我很久沒有按這個鈕了，哈哈哈。」老史是唯一一個覺得這個笑話好笑的人。

接下來的一個小時，所有的人都沉默的坐在位子上，驚恐的望著窗外。鮑伯的父親漸漸懷疑，帶這三個孩子一起來真的是個好主意嗎？

突然，鮑伯指著前方：「看！那裡有一個島，對不對？你們看到了嗎？康茄島！」

機長把油門的拉桿往自己的方向拉，引擎聲音馬上減弱。「大家準備好，我們要降落了！請繫好安全帶，降落時可能會晃動得很厲害，因為下面的海浪很猛烈哦！」

老史在海島的上空盤旋了一大圈，從上面可以看到島上寬闊的白色沙灘。康茄島是一個圓形的島，島的中間有一座岩山高高聳立著。整個島被棕櫚樹和巨大的不知名樹木覆蓋。島的南邊有一段木棧道延伸至海面。

「那邊應該就是載遊客的船靠岸的地方。」鮑伯的父親猜想：「早知道這趟飛行會像從鬼門關前經過，不如坐船來就好了！」

老史放下雪茄，說：「好，現在請大家嚴陣以待。滑水翼已經放下，大家抓緊，嘴巴閉起來。愛瑪號要下水囉！」

飛機愈飛愈低，浪頭上噴濺的白色泡沫已經看得很清楚了。

「注意！再降五公尺！」機長大聲喊道，一邊用雙手緊緊抓住高度桿。接著他們感覺到一個重重的撞擊。水花濺得很高，整個機身被震得快解體了。

彼得閉著眼睛，「我們降落了嗎？」他小聲的問。

老史把放在旁邊的雪茄重新塞進嘴裡。「不要害怕，降落是一定會降落的。問題在於，降落時的速度有多快。但是這次不用擔心了，愛瑪號已經像一隻肥鴨在游泳了呢。我現在把飛機開到碼頭去。你們在那裡下飛機，我掉頭飛回去。我不是當水手的料，在水上我馬上就會頭暈。」

3

康茄島

慢慢的，老史讓飛機靠岸，他們一個接著一個爬出機艙。彼得很高興，他的雙腳又可以踏在厚實的土地上。

「你不是當水手的料，而我不是當飛行員的料。」他喃喃的說：「回去的時候我寧願游泳也不讓這隻鳥載了。」

機長把行李一一丟出來給他們。「在島上好好玩！回家時我再來接你們——如果老虎沒有把你們吃掉的話。哈哈哈哈！」

他一邊笑一邊把飛機的門關上，發動引擎。沒多久，愛瑪號重新飛上天空，消失在天際線之外。

碼頭木棧道的另一端，站著一個老先生，已經等著迎接他們了。他灰白的頭髮在遮陽草帽下歷歷可見。

「歡迎歡迎，歡迎來到康茄島。」他很友善的招呼大家。「您一定是安德魯斯先生，是嗎？」

鮑伯的父親點點頭說：「是的，這邊這三個小朋友是我的助理。我已經事先說過，我不是自己一個人來的。」

那個人跟每個人都握了手，「太好了，太好了，康茄島是個老少咸宜的冒險樂園。我很期待三個小朋友遊賞之後的意見。我姓杜利，恩斯特．杜利教授，這個你們大概已經知道了。我想，我先帶你們到住的地方休息一下，旅途中一定很勞累吧？」

彼得舉起他的小行李袋，說：「勞累？我們還活著就已經很幸運了！」

杜利教授露出不好意思的表情說：「真是抱歉，要找到肯飛往康茄島的飛機駕駛很不容易。」

佑斯圖好奇的看著他，問：「為什麼？他們對康茄島有什麼意見？」

教授似乎很懊惱自己不小心說溜了嘴，連忙解釋：「沒有沒有，什麼意見都沒有。就跟所有的地方一樣，雞毛蒜皮的事會被誇大，然後傳到四處去。你們真的不用擔心。現在大家跟我來吧，請走這邊！」

從木棧道走下來之後，緊接著的路可以直通小島的內部。很多陌生的聲響一直在三個問號耳邊環繞，而且他們一直聞到奇怪的味道。

「康茄島是一座可以提供嶄新生活經驗的島，」杜利教授一路解釋，「在島上人人可以親身探索體驗。這裡不是一座動物園，沒有固定的參觀路線。『自由探索新世界』是我們的標語。」

安德魯斯先生打斷他：「這樣不會發生危險嗎？這個島上不是有很多野生動物？」

教授看起來不太高興，他壓抑自己即將發怒的情緒，說：「這就是我所謂的『嶄新體驗』。所有的動物，甚至只有一絲可能會傷害人的都被柵欄和鐵絲網阻隔開；例如那邊是老虎區，沒有人進得去，裡面的動物也出不來。我們在這個島的每個角落都作了安全措施，就連稍微尖銳一點的石頭，也被我們移走了。在這裡所能發生最慘的事，就是被蚊子叮到。」

鮑伯的父親覺得放心不少，他心情輕鬆的戴上太陽眼鏡。「那麼，我就等著看囉！」

就在這個時候，忽然有什麼東西在他後面窸窸窣窣，他大叫：

「啊！那是什麼？」

教授說：「別怕，只不過是一隻小松鼠猴而已。我們在島上放養了一百多隻松鼠猴，牠們很溫馴，連蒼蠅都不會傷害。」

溫馴的小松鼠猴卻一把摘下安德魯斯先生的太陽眼鏡，吱吱叫著一溜煙跑遠，牠的叫聲聽起來像是得意的笑。杜利教授還想去追，但是太遲了。「唉呀，這小東西跟人太親近，都不怕人了。如果牠沒有把眼鏡還給您，我會賠您一副新的。好了，我們到了。這裡的小木屋，每間都有冷氣，有浴室，小冰箱裡冷藏了各種飲料。各位請好好休息，適應適應環境。等一下我請人準備了豐盛的餐點招待各位。」

鮑伯把眼鏡拿下來，用身上的T恤擦擦鏡片一邊說：「不錯啊，聽起來像是豪華假期。我最高興的是聽到有小

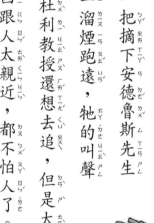

冰箱，現在來一瓶冰涼的可樂，啊——好像在天堂一樣！」

鮑伯的父親自己住一棟小木屋，三個問號一起住另一棟。他們人都還沒有完全踏進房間，鮑伯就先跳上了床。「等我長大了，我也要像我爸一樣當一名記者。現在，我要向小冰箱進攻了！」

佑斯圖正在翻看園區旅遊導覽，說：「那我就向島上的祕密進攻！」

鮑伯喝一口可樂，問：「什麼祕密？」

彼得也覺得奇怪，接著說：「佑佑，這裡就像渡假村一樣，哪有什麼祕密？」

佑斯圖的想法跟他們不一樣，他說：「你們不記得了嗎？杜利教授是怎麼提到康茄島的？這裡藏著一些大家不願意提起的事情，而這些事情一定非比尋常。要不然，為什麼沒有飛機肯飛到這個島？」

這時彼得手上也出現一瓶可樂，他反駁：「但是老史不是把我們載來了嗎？他並不害怕呀！」

佑斯圖用拇指和食指捏著下嘴唇，一邊思考著：「當然，你說得對，可是根據我的觀察，老史這個人根本天不怕地不怕。我的偵探直覺告訴我，我們會在這裡經歷一場跟凶猛動物無關的奇遇。」

接近傍晚的時候，杜利教授來接他們到沙灘去。沙灘上已經升起營火，烤魚的香味四溢。

「希望你們大家都喜歡吃魚。」教授露出驕傲的神采。「我們準備的魚在全世界只有這裡有，是我今天早上在碼頭釣上來的。服務人員再過幾天才會陸續到齊，所以廚房也還沒有開伙，我們得自己動手。甚至連我的祕書也不知道到哪裡去了。不過，她會自己出現的。請開動吧！」

佑斯圖覺得很好奇：「為什麼全世界只有這裡才有這種魚？康茄島有什麼特別的？」

杜利教授突然變得沒有那麼愛說話了，他話鋒一轉：「啊，不要把我的話當黃金看，康茄島和別的地方沒有什麼不一樣。來，我們來欣賞美麗的夕陽吧！全世界各地的太陽都是同一個，卻總是有各自的美麗。」

幾個小時後，三個問號捧著圓鼓鼓的肚子，疲憊的回到小木屋。

「晚安，孩子們。」鮑伯的父親在他們身後說：「不要再聊天了，要不然明天你們又要睡到快中午才爬得起來。」

鮑伯在房間冰箱裡又發現三瓶柳橙汁，他開心的說：「這才是人住的地方。其實烤魚也滿好吃的，雖然我平常只吃炸魚排。」

佑斯圖看著窗外，接著說：「沒錯，魚是特別好吃，但是就是這個讓我猜不透。」

「『這個』是指你怎麼突然喜歡吃魚了嗎？」彼得笑著說。

「才不是，『這個』是指這裡什麼東西都是獨一無二的。」

這時，一個不知名的東西「刷」的從窗外朝佑斯圖的頭飛過來。

他急忙蹲下，剛好來得及閃過。原來是一塊石頭，飛進房間後落地，在地上彈呀跳呀，一路滾到浴室的門前才停下來。

彼得驚嚇的大叫：「天啊！救命！那是什麼？」

石頭一停止彈跳，三個人馬上跑過去。

鮑伯小心的撿起石頭：「好奇怪！這上面還有用紅筆寫的字：滾！」

彼得臉色發白：「滾？開玩笑吧？」

佑斯圖把石頭拿在手上，仔細觀察：「看起來不像在開玩笑。我確定這

是一個威脅，有人不想要我們留在島上。」

「這是什麼意思？」彼得問。

「這代表兩件事，」佑斯圖肯定的說：「第一，從現在開始，我們凡事要小心；第二，我的猜測是正確的：這座島上的確有不尋常的事！」

彼得拿起他的行李，筆直的朝大門走去。「了解，沒問題。我們回家吧！鮑伯，我要去告訴你爸爸這件事。」

佑斯圖擋住他：「等等，我們還不確定這是不是一個惡作劇；如果鮑伯的爸爸知道了，不管我們願不願意，他馬上會把我們送回家，因為他向瑪蒂妲嬸嬸保證過我們的安全。但是比回家更糟的是：我們將永遠無法找出這個島的祕密，這會讓我從此睡不著覺。三個問號偵探團從來沒有不能解開的謎題。」

鮑伯吞下最後一口柳橙汁，說：「贊成，我們接辦這個案子。你有計畫了嗎？佑佑？」

「很簡單：我們睜大眼睛等著瞧！」

4

遊覽叢林

第二天早上，三個問號被陣陣敲門聲吵醒。

「起床囉，你們這三隻貪睡蟲！」鮑伯的爸爸在門外喊，「再不起來一天就要過去了！」

三個問號睡眼惺忪，拖著腳步輪流進浴室梳洗。佑斯圖瞥見昨天那塊寫著字的石頭，說：「講好了，這件事我們先不要說出去。」

早餐仍是在沙灘上享用。

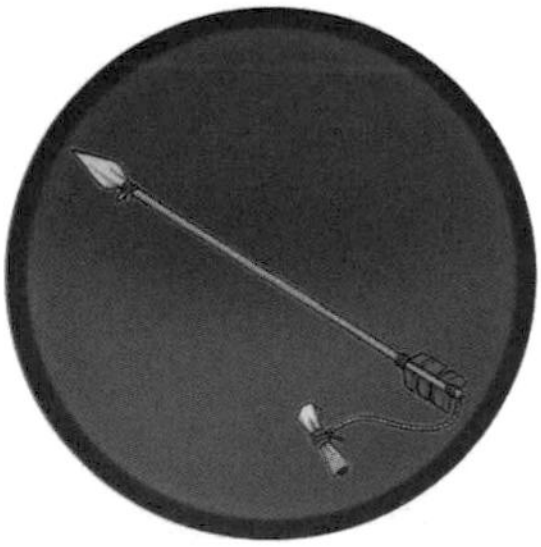

「早安，各位！」杜利教授向大家打招呼，「又是美好的一天，不是嗎？藍色的天空，溫暖的陽光——我告訴大家一個小祕密，在康茄島上幾乎每一天都是這樣的好天氣。這也是康茄島和別的地方不同之處。」

佑斯圖坐在已擺好餐具的桌子前面，「知道知道，」他念念有詞，「康茄島是一個很特別的島，我知道。」

早餐有溫熱的法國牛角麵包，有種類繁多的鮮榨果汁。彼得塞一塊椰肉到嘴裡，一邊說：「好吃好吃，我喜歡這裡！」

教授又拿一塊給他：「盡量吃，椰子是今天早上從椰樹上掉下來的。」接著又說：「幸好我沒有站在樹下！」

鮑伯的父親喝一口咖啡，開玩笑的說：「這麼說來，島上還是很危險的囉！」

早餐過後，杜利教授攤開一張很大的地圖。「這裡是康茄島，我們現在的位置在這裡，我們四周到處是新奇的事物等待我們去發現。我不跟各位囉嗦了。昨晚我又想了很久，就像我說過的，康茄島是一個老少咸宜的樂園島，我就讓各位自己去發掘，怎麼樣？安德魯斯先生，請以您自己的觀察心得來寫這篇報導，這三位小朋友也是。孩子眼中的世界絕對大不同。您覺得如何？」

鮑伯的父親放下手中的咖啡杯，猶豫著：「嗯……我不知道這樣好不好。一想到這三個孩子獨自在島上遊蕩，我就無法放輕鬆。我向他們的家人保證過，不能發生意外。」

教授微笑著說：「那麼我向您保證，他們不會發生什麼事的。這個島上就像兒童遊樂場一樣安全。所有的東西都經過千百次的安全檢查。而且，他們三個只不過單獨行動幾小時而已。來，這裡有對講機，您可以隨時和他們聯絡。」

彼得有點害怕的望著安德魯斯先生。只有佑斯圖聽到這個建議露出高興的表情。

「我覺得這個主意太棒了！瑪蒂妲嬸嬸一定不會反對的——這也是複習學校功課的一種方式嘛！」

安德魯斯先生笑了出來：「我了解了，佑斯圖，你們是想甩掉我這個老骨頭，不想帶我去探險。那好，我們就各自在島上活動吧！這個主意的確不錯，這樣我會有兩篇報導可以提供給報社，也許你們之後還會因此變成記者呢！」

現在鮑伯也開始興奮起來：「太酷了！我一直想要成為記者。報紙上也會刊登我們的照片嗎？」

鮑伯的父親把手放在他的肩膀上說：「你想太多了！我已經在報社工作了十年，我的照片都還沒有被刊登過一次呢！先寫好這次的報導吧，然後我們再看看要怎麼做。」

杜利教授拍拍手，表示贊同：「太好了！我給每個人準備了一個背包，裡面裝了食物、飲料，和幾件你們也許會用到的小東西。我建議大家立刻出發吧！預祝大家在康茄島上有刺激緊湊的一天！」

接著三個問號一一向安德魯斯先生道別。

「孩子們，你們可不能搗蛋亂來喔，要不然，佑斯圖的叔叔會把我的頭摘下來。」

杜利教授也一邊叮嚀，一邊跟每個人握手：「好好玩，有什麼問題就直接用對講機溝通。我會一直把對講機帶在身上。今天傍晚沙灘上再見了！」

佑斯圖目標堅定的往前走，消失在叢林裡。彼得緊跟著他，說：「別走這麼快，佑佑，島上的動物不會跑掉的。」

一條狹窄的小徑直入小島的內部。島內深處是茂密的叢林。所有的植物都巨大肥碩，林中充滿奇怪的聲響。

鮑伯撿起一根長長的木棍，從藤蔓纏繞的原始叢林中為自己打出一條路。「如果在這裡遇見泰山，我一點都不會驚訝。我們到底要去哪裡？」

佑斯圖在背包裡一陣翻攪，找到指南針。「我也不知道。杜利說，我們會有一番奇遇，那麼我們就來尋找奇遇吧！我們走那邊。」

幾分鐘之後，三個問號站在一排很高的欄杆前面。「柵欄後面，應該不是黃金倉鼠吧！」彼得輕聲警告。

他是對的，因為就在這個時候，一隻老虎忽然朝他們撲過來，抓住柵欄欄杆吼叫著。

彼得尖聲大叫：「對我來說，這就是奇遇了！我受夠了！嚇得我心臟差點麻痺！」

但鮑伯和他的想法不同：「拜託，彼得，不要像小孩一樣。這就跟在動物園裡一樣啊，只是你看不到欄杆後面關的是什麼動物而已。杜利已經說過，不會有什麼事的。」

「我希望他也跟那隻老虎說好了。」彼得一副驚魂未定的樣子。

彎彎曲曲的小路帶領他們往島中深處一直走去。小猴子在頭頂上的樹枝間跳來跳去，五顏六色的鸚鵡發出「嘎嘎嘎」的聲音，和猴子的「吱吱」叫聲相互唱和。小路盡頭緊接著一座吊橋，吊橋下是一條細窄的河流。吊橋的兩邊設置了堅固的護欄。

佑斯圖小心的踏上搖搖晃晃的吊橋，好奇的伸出頭往下看。「現在我明白，為什麼護欄做得這麼堅固——因為一掉下去可不得了，下面那些看起來像樹幹的東西根本不是樹幹。」

這時彼得已經走過來站在他身後，問：「不是樹幹是什麼？」

佑斯圖對他露出不懷好意的笑容：「大剪嘴。」

彼得此時也看到水裡長長的樹幹居然自己會移動，那是鱷魚！

「哦，天哪！我希望吊橋承受得了我們的重量。這些鱷魚看起來像還沒有吃早餐。」鮑伯看著下面那麼多的鱷魚，也覺得不舒服。

當三個人走過吊橋重新踏上泥土地時，都鬆了一口氣。

佑斯圖拿下背包又是一陣翻找。「呼！休息時間。我肚子餓了。」

彼得靠著一根樹幹坐下，說：「我們剛剛才吃完早餐，你怎麼可能現在又餓了？」

佑斯圖找到一個蘋果，大口一咬，回答：「很簡單，因為我總是餓的！」

突然間彼得聽見頭上「咻」的一聲，他抬頭查看是什麼聲音。就在這個時候他的頭頂擦過一枝箭，筆直的射進他靠著的樹幹。

「告訴我這不是真的。」他哀叫。

鮑伯趕快跑到彼得身邊，把箭從樹幹中拔出來。「這枝箭看起來太像真的了！我實在無法想像，這是園區的娛樂節目之一嗎？要是這枝箭再往下射一點，你就……」這時，他發現箭的末端綁著一張紙條，打開一看，裡面用紅色墨水寫著：走開！

佑斯圖把蘋果隨手一丟，生氣的說：「又來了！看樣子真的有人不歡迎我們來到這個島上。先是丟石頭，現在又是這個！」

彼得像是內心做了什麼重大決定一般，下了結論：「好了，事情到此為止！我不在乎是誰寫這種歡迎信給我們，總之，我的探險結束了，我要回去。」

鮑伯也沒興趣再繼續往前走，他跟著附和：「我也是這麼想。這裡一定有什麼不對勁的事。就算這一切都是園區提供的探險遊戲，但我們又不是實驗室的兔子。只差一點點，彼得的頭上就會多一個洞呢。」

佑斯圖自己也覺得受夠這個叢林了。「好吧，我們回去。看杜利教授怎麼跟我們解釋！」

他生氣的拿起背包往回衝。

5 迷宮花園

沒想到，三個問號根本無法走遠。在回程的路上，原先是吊橋的地方，現在只剩下鬆垂的繩索。橋下的水面上，漂浮著許多木板。水中的鱷魚靜靜等待著。

「怎麼可能？！」佑斯圖吃驚的叫出聲。「橋沒了，我們無法再前進了。」

鮑伯不安的看看四周，說：「你覺得這會是故意設計的陷阱嗎？

杜利說過，康茄島會帶給我們全新的體驗。」

在佑斯圖還沒來得及回答，彼得就搶著說：「這算什麼新體驗。我先是昨天早上那個神經病飛機駕駛，然後現在吊橋莫名其妙斷了。我會好好的為報紙寫一篇報導，讓這個園區在開始營業之前就得關門大吉！」

佑斯圖則是努力保持冷靜。「朋友們，我的看法和你們一樣。還好我們身上還有無線對講機，叫杜利教授來接我們吧。」

「告訴他，我跟他問好！」鮑伯憤怒的說。

佑斯圖小心的把對講機拿在手裡。「喂，我是佑斯圖．尤納斯，請問是杜利教授嗎？杜利教授在嗎？」對講機裡除了輕微的「嗤嗤」

聲，什麼都聽不見。「杜利先生！杜利先生，聽到請回答！」

彼得深吸一口氣，說：「也許我們已經超出對講機的通話範圍了？」

「杜利先生，我是佑斯圖，聽到請回答。」還是沒有人回答。

當佑斯圖正想試第三次時，有個扭曲的聲音伴隨著雜音，從機器裡傳出來：「滾！要不然這個島就是你們的墳墓！」

佑斯圖大吃一驚，手一鬆，對講機掉到地上，隨即彈起來撞到一塊岩石，咚咚咚的滾下斜坡，「噗通」一聲掉進水裡！對講機落水前，三個問號還清楚聽見對講機最後一次傳出：「滾回去！」然後機器掉進河裡，一隻鱷魚游過來，大嘴一張，對講機就消失了！

彼得張大嘴巴，再也合不攏。他說：「你們看到了嗎？大剪嘴把對講機吃了！真是叫人難以相信！」

佑斯圖則是緊張的把背包關上，說：「對講機裡的聲音，比鱷魚可怕幾百萬倍！他們到底想要怎麼樣？」

彼得的臉已經白得像蠟，他害怕的說：「這個聲音是誰都無所謂，我也不想知道他背後的動機是什麼。但糟糕的是，杜利教授無法回答對講機，是不是他發生了什麼事？在島上，他是唯一一個能夠幫助我們的人。我們會在這裡，都是杜利一個人出的主意。」

鮑伯激動的直點頭，接著說：「對呀對呀！而且還有我爸，他可能也在島上迷路了！」

佑斯圖想安撫他的兩個朋友，讓他們冷靜下來。「我們現在可不能自己先失去理智。我們總是有辦法從這裡回去的。想想看：我們是在一個島上，意思是，我們只要走直線，總是會走到海邊。從海邊沿著海岸走，我們一定能夠回到小木屋。跟著我，我們走吧！」

他很有把握的把指南針拿在手裡，轉身前進。一下子，他們就已經回到那棵被箭射中的大樹前。但是，這次他們不打算走原路回去。但選擇並不多，小徑旁邊，巨大的岩石和茂密的樹木阻隔了道路。

鮑伯看一眼佑斯圖手上的指南針，問：「現在呢？我們還是走直線嗎？」

「我想不是。感覺上我們是以『之』字形往前進又退回來。」

「這裡會不會是迷宮？」彼得猜測。但沒有人回答他。

兩個小時後，三個問號疲累不堪，乾脆坐在一棵折斷的樹幹上休息。佑斯圖從背包裡拿出最後一個蘋果。他大方的說：「這顆蘋果給你們吃吧，我已經吃兩個了。」

彼得卻立刻拿出他的折疊小刀，把蘋果分成同樣大小的三等分：「沒有這回事，佑佑，我們可不希望我們的『超級金頭腦』餓肚子。」

大家都忍不住笑了。此時，他們暫時忘記自己惡劣的處境。佑斯圖咬了一口他自己那份蘋果，邊嚼邊說：「至少我們現在知道，為什麼大部分的飛機駕駛不願意飛這個島。這裡確實非常不對勁。」

彼得收好他的小刀，問：「但是，到底是誰在威脅我們？」

「不知道。但是我們會把他找出來的。總而言之，這個人就是不希望我們在島上閒晃。這個島上一定藏著什麼祕密！」

鮑伯用T恤的一角把他的眼鏡擦乾淨，邊幻想著：「也許島上的某處埋著寶藏。也許很久以前有海盜住在康茄島上，像是幽靈船船長和他半死半活的水手們。」說到「半死半活的水手」時，他還扮了一個鬼臉，吊著眼睛去嚇彼得。

「夠了！」彼得責備他：「我已經夠害怕的了。那個叫我們『走開！走開！』的人可沒有在開玩笑。想想看那枝箭，這絕對不是一個單純的惡作劇！」

佑斯圖把一粒蘋果籽吐到樹叢裡，說：「不管這裡到底發生什麼事，我們必須離開。這是一座島，不是一座監獄。」

他們沉默的繼續前進。眼前的樹林非常濃密，像是綠色的屋頂蓋在頭上，讓人幾乎看不到天空，四周也愈來愈安靜。突然佑斯圖停下腳步。

「你們聽到了嗎？」他輕聲說：「聽起來像是海浪的聲音。」

彼得高興的把手圈在耳朵旁，想聽清楚。「對耶，你說得對，起碼是水的聲音。水聲既然是從那邊傳來，往那個方向去一定可以通到海邊。」

鮑伯低頭看著指南針，有點懷疑的說：「奇怪，按照指南針的指示，海邊應該在相反的方向。現在這個水聲反而是從島的內陸傳來的。」

彼得搖搖頭，不以為然的說：「用用你的腦袋！我們走了這麼久，一定穿越了整座島。也就是說，我們又到達島的邊緣，也就是海邊。」

最後大家選擇相信彼得的說法，所以他們仍然沿著小路前進。他們一邊走，不時停下仔細傾聽那個特別的水聲。他們愈走，聲音愈大。

這條小徑帶領他們走到一處小溪旁。小徑的左右兩側是高峭的岩壁。這裡似乎是古時候的河床。

佑斯圖仔細的觀察溪流。「水是朝著我們流過來的。這不符合彼得的理論。大家都知道，溪河應該流向大海，而不是背離大海。」

彼得仍不為所動，繼續往前走。「對啦對啦，『自以為聰明先生』又知道得比我們多了！你自己不是說過，康茄島上什麼都很特別。好了，走吧！我們馬上就到海邊了。」

在小徑的沙地上，彼得忽然發現一串腳印。「看那邊！看到了嗎？我們不是唯一在近期內走過這條路的人。這會不會是你爸，鮑伯？」

「不像，我爸穿的是運動鞋。你們有沒有看到腳印的深度？從這些腳印看來，這個人像是穿著很厚的登山鞋。」鮑伯說。

佑斯圖看起來像是被其他事情困擾著，他開口：「這些腳印還告訴我們另一件事，朋友：腳印朝著同一個方向前進，但都沒有回來。」

彼得一驚，愣住了：「真的！那只有兩種解釋：留下腳印的人要不是在我們前面還沒有回來，就是永遠不會再回來。這兩個可能性我都不喜歡。」

雖然如此，三個問號還是決定繼續沿著這條路前進。他們沒有別的選擇！

6

鋼鎖殺手

水聲愈來愈清楚，終於，他們知道這個聲音從何處來：現在他們站在一個小瀑布前面，水流從高聳的石壁上傾洩而下，打在河面上。鮑伯用手舀了一口水喝下。「嗯，好甘甜！清涼的山泉水，正好解渴！」

彼得則顯得很失望：「真倒楣！這裡看起來完全不像是海邊。我們得回頭，因為前面沒有路了。」

佑斯圖也喝了一口水，他樂觀的說：「別著急，看，是腳印！這些腳印通往瀑布後面，但是沒有再出來。這只有一個解釋：這個陌生人直接走進瀑布裡了。」

說完，他毫不猶豫的踏進淺淺的河水，站在瀑布前。「我要試試看能不能通到另外一邊。如果我沒有再出來，你們千萬不要跟進來。」

彼得和鮑伯似乎說了一些話，但是因為水的衝擊聲很大，佑斯圖已經聽不見了。他深吸一口氣，往前跨一大步。水流打在他頭上，聲音大到不可思議。但是佑斯圖很快就到達瀑布的另一邊。瀑布後方很暗，他的眼睛經過一段時間才適應微弱的光線。他的面前，站著一座陡峭的岩壁，岩壁上長滿水生藤蔓。佑斯圖在岩壁中間發現一條幽暗

的隧道。他無法辨識隧道的內部，便轉身穿過水流回到瀑布前面。

「來吧！」他盡其所能的大喊：「穿過瀑布可以繼續前進，裡面有一條通道。」

他的兩個朋友你看我、我看你，感覺有點害怕；但最後還是邁開腳步，跟著佑斯圖穿過瀑布。幾秒鐘後三個人全身溼淋淋，已經站在瀑布的另一邊。

彼得像一隻落水狗般甩動身體，想把水甩乾。他說：「無論如何，我今天不用再洗澡了。你發現了什麼，佑佑？」

佑斯圖伸手指著隧道，說：「那裡！我敢打賭，我們的陌生人是從那裡出去的。你看，地上還用石頭鋪了階梯。」

他們戰戰兢兢的摸索前進的路，必須很小心才不會在溼滑的石梯上跌倒。可惜，三個問號無法走遠，幾公尺後就被一道厚實的木門擋住。木門加了粗重的鐵鍊，用掛鎖鎖住。

鮑伯搖了一下木門後，失望的說：「終點站到了。這裡走不過去，我們必須回頭。」

這次是彼得不願意放棄，他說：「等一下！這個鎖看起來似乎不太複雜。」

鮑伯對他笑了笑：「所以呢？你要把它咬斷嗎？我們身上又沒有帶工具。」

彼得是三人之中的開鎖專家，收集了非常齊全的自製萬能鑰匙：

它們是彎曲的鐵絲，他已經用這些鐵絲打開為數不少的鎖。只是遠水救不了近火，這些鐵絲通通放在家裡沒有帶來。

「趕快幫忙想一想，」他說：「還有什麼東西可以做出那些萬能鑰匙？」

佑斯圖在背包裡翻找，一邊後悔的說：「我們可以用對講機的天線，但是那得要去鱷魚的肚子裡找。是我搞砸了！」

彼得一手拿起佑斯圖手裡的背包，說：「背包是一個不錯的工具。拉鍊的拉環太小了，但是背包的底部應該有可以利用的東西，也許我們今天會有好運。」

他拿出小刀，把背包的縫線割開。他猜對了，背包的邊緣確實縫進了一條鋼絲維持底部的形狀。

彼得笑了起來，他開心的說：「正中紅心！哈，世界上到處都找得到鋼絲，只要你找得夠仔細。」然後他開始扳弄鋼絲，一次又一次試著開鎖。

「怎麼樣？可以嗎？」佑斯圖緊張的問。

「到目前為止還好。鎖已經有點生鏽，一定是因為在水邊的關係。但是它慢慢的在鬆動了。」一會兒之後，他又把彎曲的鋼絲靠在一塊岩石上用石頭敲打。「好了，應該可以了。我再試一次。」他小心的把剛做好的鑰匙插進鎖裡，站在旁邊的兩個人連呼吸都不敢。接著大家都聽到輕巧的「喀」一聲，鎖打開了，鐵鍊被解開。

「成功了！」彼得歡呼著：「鋼鎖殺手再一次出擊成功！」

鮑伯拍著他的肩，不停的稱讚：「不錯不錯，有這種技術我們可以直接去搶銀行。」

佑斯圖笑著說：「很好，那我就和雷諾探長聯手追緝你們兩個，大家永遠都有事做。」雷諾探長是岩灘市的警察總長，三個問號和他很要好，他們經常幫助探長解決難題。

這時彼得往後退一步，說：「我撬開了鎖，現在輪到你們先進去了。」

佑斯圖勇敢的抓住門把往裡推，沉重的門發出可怕的嘎嘎聲，門開了。

「喂，你看到什麼？」彼得不敢大聲說話。

「什麼都沒有，漆黑一片。不過，岩壁中間的通道可以從這裡繼續往前走。」

佑斯圖走進隧道裡，彼得和鮑伯緊跟在他身後。岩石上的階梯一路向上，頭頂的岩壁滴著水，他們似乎置身於一個古老的水道裡。他們爬得愈高，空氣就愈溫暖，長長的隧道盡頭處已經可以看見光線。

鮑伯變得很不安，他擔心的說：「我很確定，我們現在即將離開康茄島的安全區域。這裡不會是遊客能進入的地方。」

彼得擦去臉上的汗水，附和著：「如果之前那樣算是安全區域的話，我一點都不想知道等一下會發生什麼事。」

三個問號這時即將抵達隧道出口，太陽光亮得讓他們睜不開眼睛。他們瞇著眼以便適應明亮的光線。等到他們一睜開眼睛，彼得大吃一驚：「我們在哪裡？」

7 蜥蜴谷

他們眼前是一幅極不真實的景象，到處都是巨大的蕨類和罕見的植物。蝴蝶拍動著翅膀翩翩飛舞，四周傳來奇特的聲響。三個問號看見的，是一個被高峻的山崖圍繞的綠色山谷。

「看起來我們似乎掉進了一個大鍋爐裡，四周只有陡峭的山壁，好像身在一顆被蛀空的大臼齒裡。」鮑伯說。

即使是佑斯圖，他也從來沒見過類似的景象。「真是不可思議！

我們彷彿在另一個世界裡，而這裡卻是康茄島的內陸。」突然間，一個想法像電流一樣竄過他的腦袋。「等一下，我想我知道這裡是什麼地方。」然後他撿起一根樹枝，在沙地上畫一個圈。「這裡是康茄島，周圍是大海，而在這裡的某處是我們的所在地。你們記得島中間的高山嗎？我們坐飛機來時看見的？」

彼得點點頭說：「記得。但是我不願意再想起。」

佑斯圖繼續說：「這座山可能不是普通的山，而是死火山（註①）。很久以前它噴出岩漿，在山的頂端形成凹洞。通往隧道的小徑有可能是來到這裡唯一的路。」

鮑伯若有所思的看著天空，觀察那些在他們頭頂盤旋的大鳥。「你的推論聽起來滿有道理的，但是為什麼杜利教授不告訴我們有這個地方？我是說，他不是在島上生活很長一段時間了嗎？他一定來勘查過這裡吧？而且為什麼有人在山崖隧道入口建造了一道門？」

彼得吞下一口口水，說：「這只有兩個可能性：要不是這裡不准人進來，就是不能有東西或者人再從這裡出去。我希望是第一個可能性。誰知道在這裡到處跑到處爬的是什麼東西？」

「我們一定要加倍小心。」佑斯圖打斷彼得的話，「緊緊跟著我，別走散了。注意你們腳下！」

鮑伯害怕的抬頭往上看：「希望不要有什麼東西跑出來踩扁我們。你們有聽見某個奇怪的聲音嗎？」

他們靜靜的沿著一條由人踏出來的路走，顯然他們並不是第一個走這裡的人。太陽慢慢下山了，黑色的雲緩緩聚攏，山頂在夕陽的浸染下逐漸變成暗紅色。這條路緊貼著岩壁，他們必須一再攀爬過擋在路中的落石才能繼續前進。有時候他們會碰到一些植物結著顏色非常鮮艷的果實，雖然佑斯圖的肚子早已餓得咕咕叫，但是他根本不敢伸手摘來吃。

鮑伯忽然停止前進。「嘿！你們看前面！好像是一棟小屋。」

他們小心的靠近一棟由鐵皮和木頭蓋起來的建築物。就在距離那棟房子幾公尺處，彼得忽然停下來不走了。「如果你們問我的意見，我現在是沒有興趣去拜訪什麼人，我們應該趕快回去。」

鮑伯露出詭異的微笑，說：「人？我打賭，屋子裡住的不是人。」然後他把手舉起來，在嘴巴前圍一個圈，用盡力氣大叫：「哈囉，有人在家嗎？」

他的聲音被周圍的岩壁擴大成幾百倍的回音，三個人一起驚跳起來，被巨大的回音嚇得縮成一團。叢林裡的一群鳥聽到聲音也嚇得四散而飛。

彼得的呼吸幾乎要停止。「鮑伯，你不要再這樣嚇人了！」

比起進去小屋裡，他們其實更害怕留在外面。佑斯圖毫不猶豫的轉動門把，打開狹窄的鐵皮大門。「快進來吧！裡面好像沒有人。」

他們還沒踏進屋內，屋頂上一盞日光燈就亮了。屋內比從外面看起來大很多，到處都是架子，架子上堆滿書籍、文件和大玻璃罐。屋子裡的一邊擺著一張長長的書桌，桌上有堆積如山的紙。書桌上方有一扇窄窗。佑斯圖非常驚訝。「你們知道嗎？從這些器具和測量儀表看起來，這裡像是一個實驗室，而且透過這扇窗可以觀察整個火山口。」

彼得充滿好奇的朝玻璃罐看一眼。「噁！」他像是要嘔吐般的叫出來，急急向後退一大步。「你們看這裡有什麼！一隻浸泡在罐子裡的大蜥蜴！」其他的罐子裡也裝著類似的標本。玻璃罐外貼著名稱，例如：雙脊冠蜥、環頸蜥、鱷蜥等等。

佑斯圖拿起一個小罐子：「跟我的猜測一樣，這是一個實驗室。這個火山口一定非常特殊。它只有一個入口，而在這裡生活的動物似

REPTILIA

乎幾百萬年來從未被打擾過。」

彼得這時候也慢慢的靠過來，「如果我說的沒錯，這些被浸泡的東西原本也活生生的在外面爬？」

佑斯圖把手中的罐子放回原處，回答：「是，應該是這樣。」

同時，鮑伯發現了另一樣可疑的的東西。「你們來看，這邊有一本關於恐龍的書。按照書裡寫的，恐龍是這些小標本的遠祖。例如，刺龍、亞伯達角龍、長頸巨龍等等。Dinosaurier（恐龍）這個名字源自希臘文，Dino意思是『可怕的』，Saurier是『蜥蜴』。全名就是『可怕的蜥蜴』。」

彼得聽了猛搖頭，說：「不不不！你們該不會想說，我們跑到恐龍島了吧？這些怪獸早就絕種。很久以前不是發生過一次火山爆發還是彗星撞地球什麼的，把這些生物殺光了嗎？」

鮑伯粗略的翻了翻書，回答：「死亡的原因專家學者也沒有定論。只有一點是肯定的——這是六千五百萬年以前的事。」

佑斯圖指著罐子說：「如果仔細觀察這些浸泡著的蜥蜴，確實可以知道，遠古時候的恐龍長什麼樣子。」

鮑伯點頭附和：「是啊，觀察鱷魚或者鳥類也是一樣。」

「鳥類？」彼得重覆鮑伯的話，一副不可思議的樣子。

「當時某些恐龍學會飛行，長出羽毛，而且牠們也像蜥蜴和鳥一樣是卵生。」鮑伯說，然後他指指屋裡另一邊的架子。「這裡也有人收集蛋。這些蛋似乎跟蜥蜴有關。」

彼得吞了一口口水，緊張的說：「我希望現在不要馬上跳出一隻暴龍來。」

佑斯圖打開其中一個抽屜，發現一本厚厚的筆記本，封面上寫著「研究報告」。第一頁即貼著一篇舊報紙的報導：教授在康茄島展開研究。下面是一張杜利教授的照片。照片上的他看起來比現在年輕許多，頭上沒有白髮，雙手抱著一隻鬣蜥。

「現在我們知道這座島隱藏的祕密了。」佑斯圖滿臉興奮。他激動的繼續翻筆記。「這邊又有一篇關於教授的報導：因經費拮据，知名教授恩斯特．杜利在康茄島上的研究計畫被迫停止。退休的教授對洛杉磯大學的決定表示強烈的憤怒。他召開記者會，宣布即使沒有研究經費也會繼續進行這項研究工作。但到底如何進行，他沒有對外公開。」

「那現在到底是什麼狀況？」彼得問。

「這不是很清楚嗎？杜利教授替大學在康茄島做研究，研究題目大概是蜥蜴或者是其他稀有的爬蟲動物。然後大學經費縮減，他們就把教授的研究經費刪除。沒有錢就不能做研究，但是杜利一心要做下去。現在種種的跡象都顯示：他想出辦法，讓遊客到島上觀光，就可以賺錢。他可以拿觀光事業所獲得的利潤來繼續做研究。」

彼得還不滿意這個答案，他接著問：「那為什麼他要把這個地方藏起來？火山坑不是正好可以吸引觀光客嗎？」

佑斯圖捏著下嘴唇，說：「這個問題我也已經想過。我相信，最好的解釋應該是：這個火山坑在世界上是獨一無二的，正是因為這樣，杜利才要在這裡做研究。幾百萬年來這個地方沒有受過人類的汙染和干擾，假設觀光客一來，就會全毀了。」

鮑伯繼續翻閱恐龍的書。「我猜，這裡可能有還未被發現的新蜥蜴物種。對一個研究學者來說，這可是驚天動地的事。」

彼得疑惑的看著他說：「你是說，這裡有恐龍？」

「我不清楚，但誰知道呢？既然鱷魚可以活這麼久，為什麼恐龍不能存活下來？」

註①「死火山」指史前時代曾經噴發過，但是在人類歷史時期從來沒有活動過的火山。此類火山因為長期不會噴發而已經喪失了活動能力。

8

恐龍蛋

屋外傳來打雷的巨響。島上一場猛烈的暴風雨正要開始，大雨傾盆而下。鮑伯小心的把頭探出門外，又很快的轉頭對大家說：「今天到此為止吧，夥伴們。天幾乎全黑了，岩壁上不斷有水流下來，我可不想在大洪水中走動。如果這時候剛好沒有一輛計程車開過來，我們今天晚上就得在這裡過夜了。」

彼得則是趕快把門關上。他說：「我害怕的不是下雨。我贊成我們在這裡睡覺。那邊角落有一些被子可以用。」

佑斯圖在屋子裡發現一個小冰箱，他期待的說：「如果我們幸運的話，教授在這冰箱裡應該有放一些食物。空著肚子我睡不著。」

奇怪的是，冰箱不冷，反而是熱的。但是冰箱裡面擺著幾盒餅乾。

「這才像話！」佑斯圖眼睛一亮：「晚餐有著落了。」當他拿出餅乾盒時，在盒子後發現別的東西。「咦？這是什麼？你們來看，熱的冰箱裡有一顆蛋！」

鮑伯把他推到一邊，嚴肅的說：「佑佑，你不會想煎這顆蛋來吃吧！這顆蛋看起來不像一般的雞蛋。」

佑斯圖搖頭：「沒有，我又不是瘋子。你們知道嗎？這個不是冰箱，而是孵蛋箱。孵雞蛋也是用這種箱子。這顆蛋一定是教授在某處找到的，而且正在孵化它。」

佑斯圖輕輕的把蛋拿在手裡，舉到耳朵旁邊。「哇！裡面有東西在動耶！」

彼得嚇了一大跳，大叫：「佑佑，把蛋放下！如果一隻鱷魚突然孵出來怎麼辦？」

鮑伯大笑著回答：「沒有這麼快啦。誰知道裡面是什麼？也許是一隻恐龍寶寶，是教授引以為傲的研究結果。」

佑斯圖把蛋放回原位，說：「也許哦，這裡沒有什麼是不可能的。杜利不是經常說，『康茄島是一個很特別的島』。」

三個問號累了，他們把被子打開，鋪在地上，並排緊靠在一起。彼得想想，終於還是爬起來拿了一把椅子靠在門把上，再拿一把頂住那個奇怪的冰箱。他們睡得很沉，甚至暴風雨從他們頭頂上呼嘯而過都沒有聽見。雨點像急鼓般敲打在鐵皮屋頂上。駭人的閃電也無法將他們從睡夢中驚醒。

第二天早晨鮑伯和彼得醒來時，佑斯圖已經坐在教授的書桌前翻閱研究紀錄。

「早啊，佑佑。」鮑伯還沒完全醒來，他半睜著眼說：「你整晚都沒有睡嗎？」

佑斯圖塞一塊餅乾到嘴裡，一邊回答：「誰說的？有啊！我只是比較早醒，因為我滿腦子都是恐龍蛋。筆記本裡有一段文字是關於這顆神祕的蛋，上面寫著，這是幾天前教授在岩石縫中找到的。這似乎對他非常重要。」

鮑伯也拿起一塊餅乾，邊吃邊說：「然後呢？他接下來寫什麼？」

「沒有了，接下來的幾頁被撕走。紀錄到這裡就結束了，也

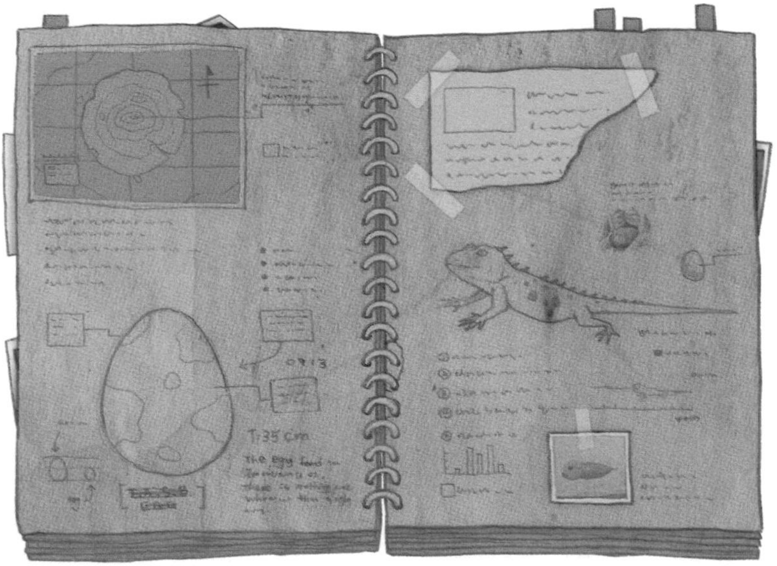

許他不想讓別人讀到。」

「或者另外有人不想再讓其他人讀到。別忘了，島上還有一個可怕的陌生人，那個一定要把我們趕出島外的人。」

「我知道，所以我們今後也要繼續小心注意。不知道為什麼，我就是一直有種感覺：這整件事和這個蛋有關。這顆恐龍蛋是解決所有謎團的鑰匙。這個我很肯定。」

「那你現在有什麼計畫？」

「我們帶著蛋一起走。」

一旁的彼得在半睡半醒間一直注意聽著這段對話。「什麼？你要帶著這顆蛋一起走？我覺得它還是留在原來的地方比較好。如果真的有一隻恐龍從蛋裡爬出來怎麼辦？」

佑斯圖把被子捲起來，說：「那我們至少知道，接下來發生的事會跟恐龍有關。想想看，那個蛋又沒有比葡萄柚大多少，什麼恐龍會從裡面孵出來？不會對我們造成危險的。蛋當然要保溫，所以我們要把它裹在被子裡。」

鮑伯一聽，再也忍不住大笑：「太棒了，如果蛋還是覺得冷，你就坐上去，像母雞孵蛋一樣，咯，咯，咯咯咯！哈哈！佑媽媽。」

彼得也跟著笑個不停，但是佑斯圖仍然堅持他的想法。

他們把剩下的餅乾收好，終於開門走出去。門外的一切都被一團白霧覆蓋。溫暖的蒸氣上升，飄移到火山口，讓人立刻聯想到，火山即將噴發熔岩。鮑伯的眼鏡馬上霧濛濛一片，他說：「這裡比洗衣房還要潮溼。等我們走出這個坑口後，我會很高興的。」

9

巨型滑水道

三個問號緊跟著彼此，循著昨天傍晚來時的路徑往回走。昨夜的大雨讓路上的凹洞積了水。水滴從四周的葉子上「答拉」不停的流下來。今天早上，那個奇怪的聲響似乎更清晰可聞。一段時間之後，他們來到岩壁中間的隧道入口。彼得推推那道厚重的木門，他突然臉色蒼白的說：「門打不開了！」

鮑伯也伸出手來推：「真的打不開！我剛剛還以為你在開玩笑！

門怎麼可能打不開？明明鐵鍊在門的另一邊呀！」

佑斯圖深吸一口氣，說：「用用你們的腦袋！有人從外面重新把鐵鍊鎖上。那個陌生人又出擊了，我們被他囚禁在裡面。」

彼得使出全身的力氣用力推撞木門，一邊大叫：「囚禁？我真是受夠了，我要出去！鮑伯，你父親不是也在島上？叫他趕快來放我們出去！」

佑斯圖疲倦的靠在岩壁上，說：「問題是，鮑伯的父親是否也需要幫助？」

鮑伯抓住佑斯圖的肩膀，幾乎要失控了：「你說什麼？我爸會發生什麼事？這只是一場夢，對吧？馬上就會有人來告訴我們這個故事的謎底，不是嗎？」

但是三個問號很快就覺悟，不會有人來解救他們。他們沒有別的選擇，只能再循著岩壁邊緣的路離開。

「我們現在該怎麼辦？」鮑伯輕聲問。

「這麼陡的火山岩壁我們絕對爬不過去。我建議，我們再回小屋去。在那裡，我們至少可以關上門，也比較安全。」彼得說。

沒有人再有心情說話，他們無精打采的朝小屋走去。在一個交岔口前，鮑伯突然停下腳步。他手指著前方說：「你們看到那邊樹上那隻小猴子嗎？」

佑斯圖也發現那隻小猴子，他好奇的問：「看到了，牠怎麼了？

牠不就是一隻松鼠猴嗎？」

鮑伯激動的猛搖頭，說：「看仔細一點，那隻猴子手上拿著一副眼鏡！」

現在彼得也看見了，他大喊：「對啊，對啊！那是你爸爸的太陽眼鏡！」

鮑伯握緊拳頭，頓時充滿信心：「這是我們的機會。這隻猴子絕對不是自己開鎖進來的。也就是說，有別的路可以離開這個火山坑。我們只需要跟著這隻猴子走，就可以找到出口。」

說的容易，但跟著這隻猴子走卻是出乎意料的困難。牠似乎是故意要弄他們，總是跑沒兩步就甩掉他們。幸虧彼得跑得快，每次猴子快要消失在他們的視線範圍時，彼得又緊緊跟上了。「這邊，這邊！猴子在這邊！」他大叫。

追猴子的行動讓他們把山谷裡其他的動物忘得一乾二淨。終於，彼得在一條小河邊停下來。

「哦，不！前……前進……不……了……了！」他的舌頭似乎打結了。佑斯圖和鮑伯這時也趕上他，看見了讓彼得如此害怕的東西。眼前有五隻巨大的爬蟲躺在一塊大岩石上。彼得驚恐的瞪著牠們，問：「這些是什麼動物啊？牠們會咬人嗎？」

鮑伯搖搖頭回答：「我想不會。」

「什麼叫『我想不會』？你不是看完了整本恐龍書？」彼得說。

這時鮑伯也生氣了：「那又怎麼樣？看完整本恐龍書我就會變成巨蜥專家了嗎？如果牠們真的是絕種的恐龍，那我現在就可以告訴你，我還來不及拿下眼鏡就會被牠們吃掉。這樣你滿意了吧！」

佑斯圖不想聽他們吵架，出聲阻止：「不要吵了。我們還是注意一下猴子，不要讓牠離開我們的視線。這是我們唯一離開這裡的機會。這些蜥蜴看起來不像是會傷人，我們快點繼續走！」

不一會兒，他們又看見猴子，感覺上猴子似乎在等他們，等到他們真的趕上，猴子拿著眼鏡又立刻繼續往前。最後，他們來到一條比較大的河流前。昨夜的雨讓河水溢出河床。

「我們必須過河，」佑斯圖宣布：「因為猴子蹲在河對岸。」

鮑伯在河面上發現一根長樹幹，他說：「我打賭，猴子一定是用它當踏板過河的。」

彼得可沒那麼確定：「如果那不是樹幹，而是一隻鱷魚怎麼辦？」

鮑伯撿起一塊石頭，往水中的樹幹丟過去。樹幹沒反應，他才小心的把一隻腳踏上去。「沒事！如果這不是一根樹幹，就是一隻死掉的鱷魚。跟著我吧！」

三個人順利的抵達對岸，身上一點都沒有溼。霧氣散去，太陽幫火山坑升溫。佑斯圖的頭上開始冒汗，他說：「這裡真像是烤爐。」

他們一路跟著猴子往河的下游走。河流終於在一座高聳的岩壁前中止。

「終點站！」鮑伯喘著氣說：「沒有辦法再走下去了。」

佑斯圖卻有別的看法：「河水不會無緣無故消失在空氣中，它一定會找別的出口離開火山坑，流進海裡。我們必須包圍猴子，讓牠沒有別的出路，只好往祕密出口逃走。」

他們三個人各撿起一根長樹枝，一起朝猴子走過去。猴子害怕的看著他們，一步一步向後退。「小心，不要讓牠跑掉了。」佑斯圖喊道：「不然我們又要重新開始了。」

他們離這隻松鼠猴愈來愈近，終於逼得牠丟下太陽眼鏡開始狂奔。鮑伯大聲歡呼：「看哪！我爸的眼鏡拿回來了！」然後猴子閃電般的消失在兩座大岩壁間。

「跟上去！」彼得大叫，立刻向前跑。但是猴子還是不見了。兩片山岩間，只見水淙淙流進一個黑暗的甬道。水流的入口長滿密密麻麻的藤蔓，幾乎無法辨認這是甬道口。

「我在找的就是這個。」佑斯圖立刻精神百倍：「這裡一定是第二個出入口。跟我來！」

他們一個接著一個小心的爬進狹窄的洞裡。水流從四面八方傾瀉而下，不知道流向何處。鮑伯緊緊抓住滑溜的岩壁，說：「這裡好像是浴缸的排水管，問題是，它要帶我們到哪裡去？」面對這個問題，沒有人能回答。佑斯圖小心的把背包轉到胸前抱著，免得損壞了他們帶出來的蛋。

他們現在已經下降兩公尺深了，水道也愈來愈陡。鮑伯抓住彼得，緊張的說：「我的眼鏡被水噴溼了，我什麼都看不見。我們是不是回頭比較好？」

但是現在要回頭已經太遲了。彼得一時沒站穩，一腳滑了出去。「小心，佑佑！」彼得大喊：「我們要滑下來了，你趕快抓緊！」佑斯圖根本來不及抓緊，鮑伯已經抱著彼得的肚子，兩個人「咻」的滑下甬道，同時經過佑斯圖，抓著他的腳將他一起拉了下來。

三個人慌得大聲尖叫，互相緊貼，快速的隨著湍急的河流往下滑。

「把頭縮進衣領！」佑斯圖喊。

三個人感覺自己掉進了洗衣機，一直在渦流裡旋轉。突然間狹窄

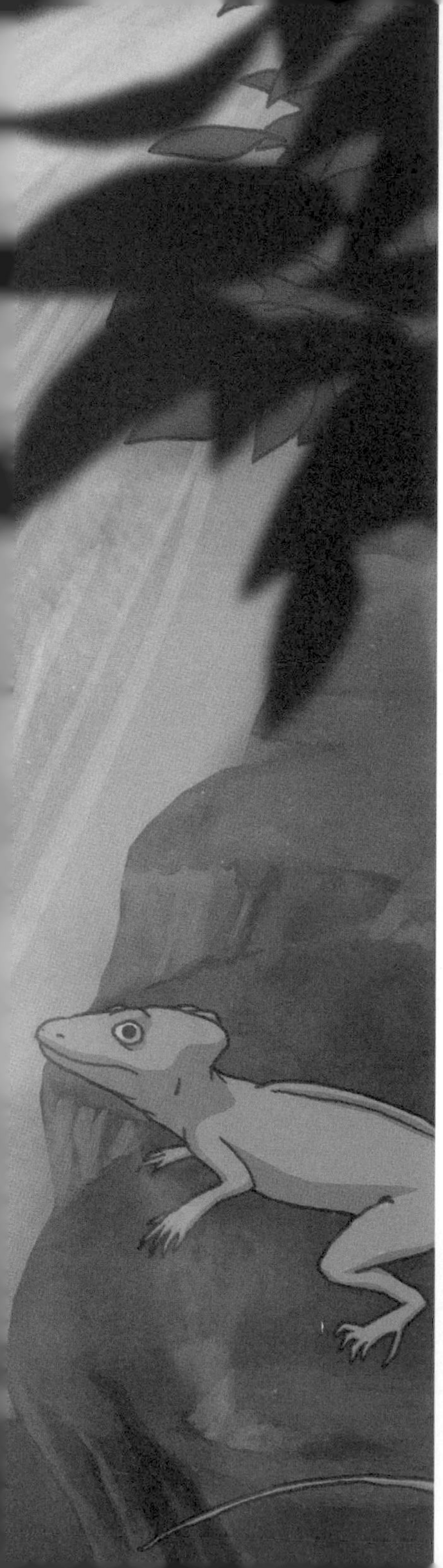

的甬道變得開闊，他們從高高的岩壁掉進寬闊的空間，重重的發出「噗通、噗通、噗通」三聲，他們終於降落，掉進了水是熱的河流裡。

10

馭浪前進

「你們有受傷嗎？」佑斯圖滿嘴是水，咕嚕咕嚕的問，一邊檢查背包裡的蛋是否安全。

鮑伯在水中撈出他的眼鏡，一邊說：「哇！我們家附近的遊樂園的大型滑水道根本不是這個滑水道的對手。我都不知道自己是頭上腳下還是頭下腳上了！」

彼得額頭上則有一道小擦痕，他說：「這種滑水道一輩子坐一次

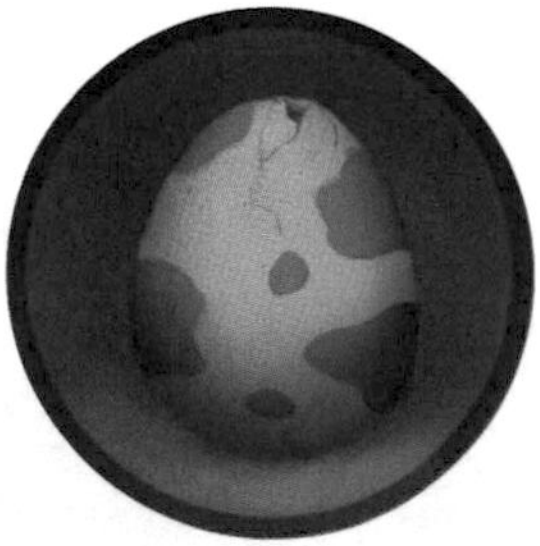

就夠了。」

雖然受到了驚嚇，他們三個對這次高空降落大家都沒有受傷還是感到很高興，一起大笑起來。

佑斯圖抬頭看看上頭幾乎是垂直面的火山坑邊緣，他很驚訝的說：「哇！我們是從上面跟著水滑下來的！我真想知道，猴子怎麼存活的？」

彼得伸手拉著他的兩個朋友，幫助他們上岸，邊說：「牠也許是攀著崖邊下來的。猴子不是都很擅長攀爬？」

火山坑的邊緣地勢還是相當高，從三個問號所處的地方往下看，視野非常良好，可以俯瞰整座島。除了眼前茂密的叢林以外，遠處是由淺色的沙灘刻畫的海岸線，海岸線外是浩瀚無際的太平洋。

鮑伯高興得臉上閃爍著光芒，他說：「對對對，這跟我想像的一樣。現在我們只要繼續沿著河走，就會到達海邊。從海邊不管怎麼走，我們都能找到小木屋。我們很快就能再見到我爸了。」

三個男孩沿著河岸，小心的爬下山。河流不止一處落下變成小瀑布。他們愈往下，小河就愈安靜的往大海流，直到小河變寬，流過整個叢林。最後幾公尺他們不得不下河涉水，然後終於看見壯闊的大海和海灘的白沙。

彼得興奮的說：「太可惜了！我沒有帶衝浪板來。」還好他們身上穿的都是海灘褲，大家便一起衝進海裡。

帶著奔跑的衝力，彼得跳進一個大浪裡，潛在水中幾秒後，從浪的另一頭出現。「這些海浪實在是太棒了！我們岩灘市的海邊一定也要有這種浪才好玩。我覺得杜利在島上開設很酷的衝浪樂園就好了，幹麼開什麼野生動物園！」

半個小時後他們玩夠了水，心滿意足的上岸，趴倒在柔軟的沙上。鮑伯重新戴上眼鏡，說：「我只要一想到我們在短時間內發生了這麼多事，我就覺得很不可思議！」

佑斯圖打開背包，謹慎的把蛋拿出來。他邊檢查邊說：「這個蛋似乎沒有被瘋狂滑水道弄破。至少從蛋殼上看不出什麼痕跡。」

彼得笑著說：「是啊，真可惜，蛋如果破掉了，我們現在就可以煎好吃的荷包蛋或者恐龍炒蛋！」

佑斯圖又小心的把蛋拿到耳邊仔細聽，過了一會兒他說：「裡面有東西在動。我猜，再過不久，牠就要破殼而出了。」接著，他把蛋放到地上，撥一些沙蓋在上面。「我知道在加拉巴哥群島上的那些巨龜都是這麼做的。牠們把蛋埋在沙裡，然後把孵化的責任交給太陽。」

饑腸轆轆的他們把背包裡剩下的餅乾分完。餅乾被甬道裡的水弄溼，失去了酥脆的口感，可是卻好吃極了！

鮑伯笑著說：「好吃，尤其是這股淡淡的爬蟲味。」

他們休息了一會兒，又重新收拾好裝備出發。佑斯圖把蛋裝進背包，說：「現在的問題是：我們要往左環島還是往右？從哪邊回小木屋比較近？」

於是鮑伯擲一枚硬幣後決定走反時鐘方向。這個決定是對的，因為半個小時之後，他們已經看見那條伸進海裡的長長的木棧道。木棧道旁邊停靠著一輛水上小飛機，隨著波浪上下搖晃。

鮑伯吐了一口氣，放鬆的說：「我打賭，我爸一定坐在小木屋裡，緊張的咬他的指甲。」

他們快步奔跑，但是在木屋前約一百公尺的地方，佑斯圖停下腳步。「等一下！」他喘著氣說：「我們先想想，是不是每件事都做對了？」

「你是什麼意思？」彼得不太懂他的問題。

「你們想一下那個無線電對講機。那時候回應我們的人，並不是杜利教授。我們仍然不知道，到底發生了什麼事。」

鮑伯克制自己激動的情緒，接著說：「也許一切只是一個誤會。無線對講機的內容誰都可以聽得到，也可以對話。也許是隨便一個漁夫，剛好在對講機通話範圍內，因為太無聊了，所以跟我們惡作劇。而且，我聞到沙灘上有人在烤魚。佑佑，我爸和杜利教授一定正坐在那邊，你會看到他們還在喝啤酒哩！」

佑斯圖捏著下嘴脣，一副在思考的樣子，肚子卻不爭氣的叫起來，他自己也想吃好吃的魚。「好吧，也許你是對的！我們馬上就會知道，到底發生了什麼事。」

11 意外的訪客

但是，接下來發生的事，卻出乎他們的意料。來迎接他們的不是杜利教授，而是一個年紀較大的婦人。她頭上戴著一頂很大的遮陽帽，脖子上色彩繽紛的絲巾在風中飛揚。

「我真是太高興了！」她對著他們興奮的大喊，「你們一定是那三個走失的小孩。快來！你們一定累壞了！」

「請問您是哪位？」鮑伯困惑的問：「我爸在哪裡？」

這個婦人幫他們每人倒了一杯柳橙汁。「真是不好意思，我還沒有自我介紹。我是恩斯特的太太，我叫瑪格蕾．杜利。昨天晚上杜利發現你們沒有回到小木屋，就打電話給我，我就馬上趕來幫忙找你們。一個瘋瘋癲癲的飛機駕駛載我來到康茄島。你們一定知道吧，我們其實不住島上，而是聖塔芭芭拉附近。現在我負責守在這裡，恩斯特和安德魯斯先生出發去找你們了。現在換你們告訴我，發生了什麼事？你們失蹤這麼久，跑到哪裡去了？」

佑斯圖直視著她的眼睛，說：「杜利教授完全沒有提過他已經結婚有太太。」

戴著大遮陽帽的婦人發出不自然的笑聲，說：「是啊！他就是這樣，最好讓所有的人都認為他還是單身漢。但是我們已經結婚超過二十年了。我們是在密西根大學認識的，密西根大學也是他最後一個在職場所，最後做過研究的地方。」

佑斯圖聽到密西根大學，突然瞇起眼睛，「密西根大學？」他追問。

「是啊，一所很不錯的大學。我讀的是醫學，恩斯特念的是古生物學，就是有關古代生物的理論。古生物學家一天到晚在挖掘老骨頭。好了，現在輪到你們說了。」

佑斯圖捏著下嘴唇，猶豫了一下。然後他吸了一口氣，說：「唉呀，其實也沒有什麼大不了的事，我們的指南針不見了，就迷失了方向。後來天黑了，我們就隨便在沙灘上的椰子樹旁躺下。下雨的時候，幸好有樹葉擋雨。」

這個婦人突然對佑斯圖講的話懷疑起來：「什麼？這樣啊？我說嘛，我早就跟恩斯特說，這三個小孩很知道怎麼照顧自己。那麼，為什麼你們的衣服變成這個樣子？你們看起來好像曾經在叢林裡被野獸追著跑。」

這個問題也難不倒佑斯圖，他很快的回答：「我們試著要爬上椰子樹去摘椰子，樹幹就把衣服磨破了。現在我們可以和鮑伯的父親說話了嗎？搜救隊一定隨身帶著對講機吧。」

這個婦人拍拍手，一個大鬍子從木屋裡走出來。佑斯圖、彼得和鮑伯馬上認出他——是老史，那個飛機駕駛。

「看哪！」他說話的聲音像打雷，「三個離家出走的小孩，孤伶伶在叢林裡遊蕩了那麼久，一定餓了吧？」他大笑，嘴巴張得老大，銜著的雪茄差點從嘴角掉下來。

那個婦人拉一拉她的絲巾，對他說：「拜託，這種情形之下請不要開玩笑。我們大家都很慶幸孩子沒發生什麼事。請您用對講機告訴搜救隊，孩子們回來了，請他們立即返回營地。」

「遵命！女士！我馬上去做，即刻完成您的吩咐。對講機在我房裡。」說著，老史消失在門後，並且把門鎖上。

「那麼，」婦人高興的說：「一切都解釋清楚了。你們開動吧，烤魚非常好吃。這個機長實在不太可靠，我去看看，確定他傳送出去的訊息是對的。他真是一個令人難以忍受的大老粗。」

她一轉身，三個問號馬上把魚肉塞進嘴裡。配菜是馬鈴薯塊，鮑伯餓得直接用手拿著吃。「佑佑，告訴我們，你為什麼要亂說話？為什麼要編造什麼椰子樹的故事？難道不能讓教授的太太知道我們發現了什麼嗎？」

彼得似乎也不太了解，他問：「對啊，為什麼？你喝進太多海水，腦子裡灌水了嗎？」

佑斯圖看了一下四周，確定除了他們沒有其它人在烤魚架旁邊，才輕聲說：「理由很簡單，我不相信這個阿姨是杜利教授的太太。第一，她手上沒有戴結婚戒指。第二，她不可能在密西根大學認識杜利教授。」

「為什麼？」彼得驚訝的問。

「因為杜利念書和教書的學校是洛杉磯大學，跟密西根相差十萬八千里。你們不記得在實驗室裡我唸給你們聽的新聞剪報？」

鮑伯急切的看著他，說：「也許這只是誤會？」

「什麼都有可能，我們會查出來的。來，我們偷偷潛到老史的木屋去，去聽聽看他們兩個在說什麼。」

12 監聽

三個問號躡手躡腳的走近小木屋，那個自稱是教授夫人的女人和飛機駕駛就在裡面。佑斯圖指指小木屋的後面，三個人一起蹲在一扇打開的窗戶下面。從外面可以聽到，屋裡有一個人著急的走來走去。他們認出是那個女人的聲音。

「老史，怎麼會這樣？為什麼這些小鬼能從火山坑裡逃出來？」

「我不知道，蕾貝卡。我把瀑布後面的門鎖得緊緊的，而且現在

還是鎖著的。一定有第二個出口。」

「哦？是嗎？他們也沒有長翅膀飛出來。我們現在應該怎麼處置他們？」

「這你就交給我吧。但是有一件事我要告訴你，我要更多的錢。一開始只不過是一顆蛋，現在變成是綁架。我要百分之五十。」

那個女人的聲音突然提高：「百分之五十？你知道我等這一刻等了多久？這簡直是敲詐！好吧，既然如此，你可絕不能再犯錯！我今天一定要把那顆蛋拿到手，牠每一秒都有可能孵化出來。這是學界上一件轟動的大事，會讓我名利雙收。」

老史露出奸詐的笑容：「正是。蛋讓你出名，讓我發財。我們會查出這些小鬼把蛋藏在哪裡的。」

「那你就動作快點。他們應該不會把牠裝在背包裡帶著到處跑。我只希望蛋不會受涼，不然一切就白費了。好了，我現在要去看看另外那兩個。去吧，一切就拜託你了！」

三個問號嚇得心臟幾乎要跳出喉嚨。鮑伯驚訝到呈現呆滯狀態，一句話都說不出來。

「告訴我，這不是真的。」過了一會兒，他才結結巴巴的說：「我要昏倒了，他們綁架了我爸和教授。」

彼得頓時喪失了勇氣，身體靠著木牆無力的下滑。「我真是不敢相信。佑佑，你的直覺是對的。我們必須阻止他們。」

「對，而且要趕快！這個蕾貝卡馬上就會發現我們不見了。但是在這之前，她會先帶著我們找到另外兩個人。注意看！她現在在最後一棟木屋裡面。」鮑伯邊說邊憤怒的握緊拳頭：「我爸就在那裡。我要去救他！」說完，他立刻飛奔到叢林邊緣那棟木屋，他的兩個朋友緊跟在後。

他們同樣也先蹲在屋子後面。但是這次窗戶是關上的，只聽得到微小的聲音從屋裡傳出來。鮑伯一聽到是父親的聲音，放心不少。

「你們把三個孩子怎麼了？」屋內鮑伯的父親問：「我要去看我的兒子。這是綁架！你會坐牢很久的。」

「閉嘴！」一個女人的聲音喝斥他。「沒有人會發生任何事。蛋的事情過去以後，大家都可以離開。」

教授這時開口打斷女人的話：「蕾貝卡，我真沒想到你是這種人！我自己的祕書竟然如此背叛我，那個蛋是我多年來的研究心血啊！」

「正是，我的教授！而這個研究結果會讓我一夜致富。你難道相信，我會滿足於你給的那點祕書薪水嗎？」

杜利教授嘆了一口氣。「我的經費很有限，這點你比誰都清楚。自從洛杉磯大學刪除我的經費以後，每一分錢我都要精打細算。這個野生動物園不是為了我自己蓋的。」

蕾貝卡露出疑惑的神情：「啊，我一直以為您任職的大學是密西根。隨便啦，誰會認真去記這種事。等到蛋孵出來，我的名字就會刊登在各大報紙，就會受到大家的注目。這裡有些食物給你們。我希望，你們不介意吃冷掉的魚。」她一邊笑一邊朝門口走去，屋後的三人都聽到她得意的笑聲。

「喂！我兒子呢？請你立刻停止胡鬧！」安德魯斯先生喊道。但是女人不理他，什麼都沒有說，就離開了木屋。

木屋的門一關上，屋後的鮑伯馬上站起來，輕敲玻璃窗。「爸！是我！我是鮑伯！」

佑斯圖和彼得也立刻往裡面張望。木屋裡的教授和鮑伯的父親坐在地上。他們的腳上拴著鐵鍊，幾乎無法動彈。安德魯斯先生看向窗戶邊，眼睛張得好大。「鮑伯！我真不敢相信！你突然間從哪裡冒出來的？」

「說來話長！爸，你們發生了什麼事？我們要怎麼才能救你們出來？」

安德魯斯先生邊掙扎著站起來，邊說：「一切發生得很突然。我昨天在叢林探險後回到營地時，是飛機駕駛老史出來迎接我的。他手上拿著武器，威脅我進屋，把我鎖在這裡。」

教授這時打岔，接著說：「對，我也是這樣被抓進來的。這個老史忽然出現，把我綁起來。我作夢都沒有想過，我的祕書竟然會想出這樣的計畫。但是她的動機很清楚：我那將轟動全世界的研究差一點就要成功了，她要和她的共犯一起享受我的研究成果所帶來的名利。她看重的不是研究本身，而是錢。」

安德魯斯先生搶著說：「沒錯，我們被關在這裡的時候，教授把一切都告訴我了。島上有一個和外面的世界完全隔絕的火山坑，裡面有些稀有的動物種類存活下來。幾天前他發現一顆蛋，這個蛋有可能是……」

佑斯圖打斷他：「有可能是一隻恐龍生的蛋，對嗎？」

杜利教授很驚訝，講話開始結巴：「你們……怎麼知道？我以為……，你們有……，不可能，絕對不可能！」

佑斯圖把背包舉高，說：「沒錯，牠在我們手上！我們先發現隧道入口，然後是您的實驗室，最後是這顆蛋。為了以防萬一，我們就把牠一起帶走了。」

「哦，天哪！這不是真的！你們把蛋塞在背包裡？你們到底了不了解這顆蛋對我和對全人類的意義？這顆蛋絕對不能有意外。最重要的是：這顆蛋的溫度絕不能下降。」

「這顆蛋裡面到底是什麼東西？」彼得再也忍不住了，他問：「您該不會認為，蛋孵化後會跳出一隻真的恐龍來吧？」

杜利教授深吸一口氣，說：「雖然結果不一定是這樣，但是火山坑裡許多蜥蜴都是真正的恐龍。我只知道，類似這樣的蛋還沒有被其他人發現過。比如說，這顆蛋的尺寸比一般爬蟲類動物的蛋大很多。有一件事是確定的：從這顆蛋裡面孵化出來的生物，百分之百一定會是一個新的物種。光是這件事就足夠驚動全世界了。因此這顆蛋絕對不能有事！你們一定不能讓蕾貝卡拿到手，聽到了嗎？」

鮑伯的父親憤怒的拉扯腳上的鐵鍊，說：「等我抓到那兩個可惡的壞蛋，我就……。孩子們，不管發生什麼事，你們一定要好好照顧自己，不要讓自己發生危險。所有的事情都會好起來的！」

13

噗嚕、噗嚕、噗嚕

這時候，遠遠的傳來一陣臭罵聲，原來是那個女祕書，「老史，趕快到我這裡來！小鬼跑了！」

三個問號悄悄繞到木屋旁，觀看遠處沙灘的情形。那個飛機駕駛老史，拖著腳步從他的小木屋出來，一隻手上吊著啤酒瓶，另一隻手夾著雪茄。「怎麼了？有什麼好慌張的？」

「你問我怎麼了？小鬼們不見了！我已經到處找過了。早知道應

該馬上把他們跟另外兩個鎖在一起。他們一定是知道什麼祕密，難怪那個小胖子一直用古怪的眼神看著我。我敢打賭，他們一定躲在叢林裡的某個地方。我們一定要找到他們！聽見了嗎？」

老史把雪茄塞進嘴裡，「好了好了，這件事情我來辦。在叢林裡只靠我們自己恐怕無法找到他們。我還是先駕著我的愛瑪號飛回聖塔芭芭拉，去找幾個幫手。這些人雖然都是不好惹的，對這種事倒是很在行。他們其中有一個人還有一隻訓練過的搜尋犬。這隻狗要是聞到一點蛛絲馬跡，牠就什麼都能追蹤到，真是一隻猛獸啊！」

「就這麼辦吧！老史，這期間我自己先到處查看一下，幸運的話還能先找到他們。那就祝你順利囉！趕快去吧！」

「遵命！我先進木屋去，用手機打電話給這些傢伙。他們可不喜歡突如其來的驚喜。你別慌，我們很快就會抓到這三個小鬼。當然，蛋也會一起找到。」

彼得聽到遠處這番對話，緊張的吞吞口水：「哦，天哪！他們要放狗咬我們，我們完了！」

佑斯圖捏著下脣，說：「我們一定要阻止老史去召集他的人馬。等等，我想到一個辦法：愛瑪號不是靠著那對奇怪的滑水翼才能浮在水上嗎？那對滑水翼是充氣式的。我記得去年我在海上也划過類似的橡皮艇，結果不小心擦撞到珊瑚礁的尖角，橡皮艇破了個洞，破洞以後下沉的速度快到我都來不及划上岸。」

佑斯圖腦袋裡的主意，鮑伯已經完全理解了，他說：「太棒了！真是天才！我們去刺破滑水翼，把水上飛機變成潛水艇！噗嚕噗嚕，沉下去，哈哈哈！」

彼得卻對這個主意沒有把握，他有點猶豫的說：「噗嚕噗嚕是很好，但是我們要怎樣才能到木棧道碼頭而不被發現？那個老女人雖然往叢林去了，但是如果老史突然從小木屋出來怎麼辦？」

佑斯圖指著遠處長長的木棧道，說：「我們要躲在木棧道的下面，沿著棧道游到飛機旁邊。木棧道會掩護我們。裝著蛋的背包我們先把它藏在這堆亂草裡。我們現在唯一需要的，就是你的小刀，彼得。走吧！沒有時間了！」

他們低頭彎著腰跑向沙灘。當他們經過老史的木屋時，還聽到他大聲講電話的聲音。不一會兒他們就抵達木棧道，滑進水裡。長長的木棧道建在一根根木樁上，這些木樁的底部都被深深的打入海中的土裡。木棧道下有足夠的空間讓他們躲藏著前進。幾公尺後，海水變深，他們再也踩不到地，只能游泳向前。「彼得，小心你的小刀，不要掉了！」佑斯圖在水中邊換氣邊說。

沒多久他們游到了愛瑪號前面。鮑伯抬頭查看四周，說：「太幸運了，老史好像還在講電話。

彼得，現在是你大顯身手的時候了。」

彼得小心的把折疊小刀打開，慢慢游向水上飛機。一條繩索把飛機固定在碼頭邊。

「把繩索割斷不就好了嗎？」他建議。「愛瑪號就會漂走。」

佑斯圖搖搖頭，說：「不行，風從海上吹來，愛瑪號會被吹上沙灘。我們還是讓飛機沉到海底吧！」

彼得下定決心，高高舉起小刀，向下往滑水翼中間一刺。「咻」的一聲巨響，水中冒出氣泡。接著他游到另一邊，同樣在充氣的滑水翼上刺了幾個洞。同樣的咻一聲響之後，這邊的水也開始冒泡。

這時鮑伯忽然緊張的一直指向沙灘，說：「彼得，快點回來！老史出來了！」

彼得深深吸入一口氣，潛下水中，剛剛好躲過老史正往木棧道這邊看的視線。用力划幾下後，彼得游回他的朋友身邊。

鮑伯重重拍了幾下他的肩膀說：「做得好，彼得！我很好奇現在愛瑪號還能浮在水上多久！」

事實上，愛瑪號看起來一點都不像要下沉的樣子。三個問號聽見頭頂的老史正走在木棧道上，他鞋底的沙子透過木板間的縫隙灑下。

終於，緊張的時刻到了。老史抓住繩索把飛機拉近，「到我這裡來，我的小鴨鴨！」他自言自語。「我們去溜一溜，然後就把那三個小鬼又在火上烤！」

滑水翼還在繼續咻咻放氣，水中不斷冒出泡泡。慢慢的，包覆在滑水翼外面的塑膠套開始形成癟癟的皺紋。老史一躍，上了飛機，爬進駕駛艙裡。

彼得抹掉臉上的水。「真糟糕！」他悄聲說：「我應該再多刺幾刀。為什麼可惡的飛機不趕快沉下去？」

「轟」的一聲巨響，引擎發動，螺旋槳開始轉動。飛機現在微微的傾斜。

引擎愈叫愈大聲，愛瑪號開始發抖。

「離下沉的時間應該不會太久了，我很驚訝飛機居然支撐這麼久還浮著。」接著第二個滑水翼也開始下沉。水中不斷冒出無數的泡泡。

老史現在也發覺，飛機有點不對勁。他把頭伸出窗外查看。「咦，這是怎麼了？發生了什麼事？」愛瑪號傾斜得很厲害，一邊的機翼都碰到水面了。

「這怎麼可能？」老史機長咆哮著，加緊踩油門。但是他忘了把繩索解開，飛機又被拉回來。這一拉扯，飛機倒向一邊，水已經流進開著的窗戶。「可惡！怎麼可能發生這種事？我的好愛瑪快點升空，我們趕快離開這裡！」

可憐的機長，使盡全身的力氣，才從下沉又進水的飛機裡爬出來。他全身溼淋淋的站在機翼上，曲膝蹲低，奮力往上一躍，跳到木棧道上，一邊大叫：「救命啊！我不會游泳！」

他身後的飛機最後翻轉一圈，終於直直沉下水。水泡不斷冒出，直到水面上只剩一小塊油漬反映著太陽光。

愛瑪號沉到水裡，水面上只剩繩索漂啊漂。「可惡，可惡，太可惡了！等我抓到這三個臭小孩，我一定要把他們剁成肉醬！」老史怒氣沖天的跑回沙灘，不斷的咒罵女祕書：「蕾貝卡，你跑到哪裡去了？我一定要抓到這三個小孩，就算一把火把整座叢林都燒光，我也在所不惜！」

14

誕生時刻

三個問號急忙游回岸上，回到藏背包的地方。老史現在已經找到蕾貝卡，兩個人一起從叢林裡走出來。「我受夠了！」他們聽見飛機駕駛在咒罵，「我的耐心已經被磨完了，這顆該死的蛋！都是因為你這女人，我的愛瑪號葬身海底，只能跟小魚玩了。」

女祕書這時也生氣了，她回話：「因為我？又不是我把你的飛機弄沉的。我認為，你現在該找來算帳的，是那三個討厭的小鬼！你放

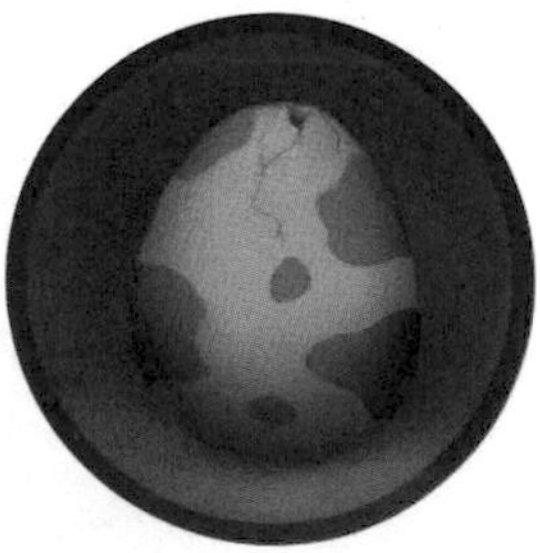

心吧，他們跑不遠的！」

佑斯圖打開背包，小心翼翼的解開包著蛋的毯子。「喔！糟了！蛋破掉了！你們看這邊，蛋殼上都是裂痕。」

彼得探頭看，也嚇了一跳：「真糟糕！你說得對，這顆蛋完了！」

他們還在討論著，蛋殼瞬間又增加更多裂痕，接著「啵」輕輕一聲，一邊的蛋殼掉下來。一直盯著蛋看的彼得，眼睛正好跟一隻小蜥蜴對視。「啊！」他嚇得大叫一聲，完全忘記兩個壞人就在附近。一旁的鮑伯立刻摀住他的嘴巴。

但是太遲了，老史和女祕書已經發現他們。「他們在那裡！」女人歇斯底里的大喊：「趕快抓住他們，老史！」

三個問號想都沒想就立刻跳起來，抓起背包能跑多快就跑多快，往叢林的方向飛奔。

「站住！」他們聽見身後機長憤怒的聲音：「馬上給我站住！」誰會真的站住？開玩笑！他們沒命似的沿著小徑跑，也不敢回頭看。漸漸的，罵聲愈來愈遠，他們領先了後面的人一大截。

「現在要去哪裡？」鮑伯喘著氣問。

佑斯圖上氣不接下氣的說：「如果我們留在原地，他們會找到我們。我們必須繼續往前跑！」

接下來的十五分鐘，他們只是拚命的繼續跑。突然，鮑伯指著前面的分岔口，說：「你們看！我記得很清楚，這條路通往瀑布。跟我來，我想到一個點子了！」

佑斯圖忙著在一旁大口呼吸，根本沒力氣問問題。

他們很快的來到瀑布前，鮑伯帶著大家直衝瀑布後方。他們跑得全身發熱，從頭上澆下來的涼水讓他們的身心都舒暢起來。接著他們又聽到遠處老史的聲音。鮑伯搶先進入隧道，他一時沒抓穩光滑的岩壁，差一點要摔下石梯，幸好彼得及時從後面拉住他的T恤。

「謝了！」鮑伯氣喘吁吁的說。

沒多久，三個問號到達木門前，門還是鎖上的。「鮑伯，你的計畫到底是什麼？」佑斯圖問。

「我本來希望門是開的，我們通過以後，可以從另一邊用石頭把門堵住。火山坑是唯一可以保護我們不被他們找到、最安全的地方。他們只知道從這扇門進出，卻不知道還有另外的通道。那條猴子帶我們去的水甬道，只有小孩才進得去，我們可以從那邊逃出去。」

佑斯圖這時對他刮目相看，他說：「確實是這樣，你的計畫很不錯。可惜現在門被上鎖了，我們被困在隧道裡。聽！他們過來了。」

他們兩人都沒發覺，在他們說話的同時，彼得全神貫注的在地上找東西。突然，他高興的舉起捏在手中的一條鋼絲。「哈哈！我就知道，我把自製的萬能鑰匙丟在這裡了。」

鮑伯忍不住拍手叫好：「彼得，你真棒！現在快展現你的本事吧！」

彼得吸了一口氣，把鋼絲插進鎖裡又戳又轉又拔，看得出來他的手在發抖。在這期間，老史的聲音愈來愈靠近。「小鬼們，我知道你們在裡面，我們看見你們的腳印了。哈哈，現在你們已經是捕鼠籠裡的老鼠了！幸虧昨天我記得鎖門。放棄吧，我們抓到你們了！」

彼得全身發熱，繼續撬鎖。鮑伯緊張得一直咬指甲。「好了沒？成功了嗎？」

佑斯圖把他抓到旁邊，說：「不要吵他，他是我們唯一的機會！」

飛機駕駛現在似乎正在瀑布裡。只聽見他說：「哦，我實在受夠了這些水。島上難道沒有一個地方是乾的嗎？」然後是蕾貝卡的聲音：「快點，老史，把他們抓起來！」

15

追獵恐龍

鎖在這時候開了！粗大的鐵鍊掉落到地上，接著木門打開了！三個問號同時搶著擠進入口，他們很高興又回到火山坑裡。鮑伯把門重新關上。「好，第一關過了。現在我們要收集石頭，堆到門前。石頭愈大愈好。快！」幸好火山坑內滿地都是岩石塊。短短幾分鐘內，他們已經在門前用石塊堆出一座小山。

從門的另一邊清楚的傳來老史用拳頭重重捶門的聲音。「開門！

馬上開門的話，我就不會對你們怎麼樣！」鮑伯這時露出笑容：「誰相信你，誰就倒大楣。好了，石頭應該夠多了，我們走吧！」

他們急急的沿路往實驗室的方向走。還沒有到達目的地，他們就聽見一聲巨響——老史似乎成功的把石頭推開了。

「喂！小朋友！」他的聲音很響亮，在岩壁間引起回音。「別跟老史作對，我現在就來收拾你們！」

彼得緊張的看著兩個朋友，說：「現在呢？有人有主意嗎？」

佑斯圖腦海裡突然閃過一個念頭，他說：「等等，鮑伯，你自己不是說過，另一條通道的大小只有小孩能通過。我的計畫是，我們從那邊滑下去，沿著火山坑繞一圈，然後回到瀑布，從外面把木門重新鎖上。這樣我們就把他們兩個鎖在火山坑裡了。這個計畫一定可以成功，走！」

三個問號都記得路，他們很快的就到達水甬道口。因為沒有再下雨，現在通道入口的水流比之前細很多。佑斯圖把裝著剛出生的蜥蜴的背包綁在肚子上。「那麼，我們下去吧！希望老史真的進不來。」

不一會兒，渾身溼透的三個人已經站在火山坑的另一邊。但是他們完全沒有休息的時間，他們必須盡快回到瀑布那邊。

這條路比佑斯圖想像的還遠。他們必須一次又一次克服路上的障礙物，爬過碎石灘或是低矮的灌木叢。「快點！」佑斯圖不斷催促他的朋友，「只要我們沿著火山坑邊緣跑得夠久，自然就會回到瀑布前。」

「我只希望，那兩個人不要已經出了火山坑。」鮑伯嘆氣。

終於他們到達那條通往瀑布的小徑。彼得觀察地上的沙，說：「我相信我們的運氣不錯。所有新的腳印都是朝瀑布的方向，沒有往回走的。他們兩個一定還在火山坑裡。」

他們再次穿過瀑布，在木門前不遠處停住。鮑伯驚訝的看著那堆散亂的石頭，說：「太驚人了，能夠把這些石頭推開，那個人一定有像熊一樣大的力氣。如果我不必再看見那個人，我會很感激的。」

就在這時候，老史的聲音響起。「快點走，蕾貝卡！」他喊，「我們現在直接把小鬼鎖在火山坑裡，還怕他們把祕密說出去嗎？讓他們在這裡屍骨無存不就結了！」

女祕書似乎已經累垮了，她喘著氣說：「可惡，我完全低估那幾隻小猴子了！我以為，神祕的警告會把他們嚇跑，不過，那枝綁著紙條的箭確實有嚇阻的作用。想一想，老史，昨天他們一定找到了第二個出口。要不然他們是怎麼出來的？我們明明把門鎖上了呀！」

老史似乎不願多想：「隨便啦，我才不會被三隻猴子精耍得團團轉。」

兩個人愈走愈靠近木門，此時三個問號合力把門關上，沒過幾秒，彼得已經重新掛上鐵鍊，上了鎖。「好好跟恐龍玩吧！哈哈！」

他大笑，轉過頭和兩個朋友相視微笑。

門後面的老史拚命捶著門：「開門！開門，我說『開門』！」

三個問號有更重要的事要做。十五分鐘後，他們站在安德魯斯先生和杜利教授被綑綁的木屋前。

鮑伯的父親開心的把兒子抱在懷裡，他說：「我以為，再也不會有人來救我們！你們一定要把整個故事說給我聽！這個故事恐怕一個新聞篇幅不夠報導，要一整部小說才行！」

佑斯圖搖搖頭，笑著說：「安德魯斯先生，您最好杜撰一篇平實的報導，寫些美麗的蝴蝶和可愛的小猴子。因為如果瑪蒂妲嬸嬸在報紙上讀到我們發生的事情，那我們就慘了！我們三人會連買菜都不能單獨自己去！」

「這小伙子說得有道理。」杜利教授同意佑斯圖的說法，「在這種情況下，我們就不要去認真研究這整件事了。不然，沒有人敢到我的島上來玩了。在我通知海巡隊來逮捕這兩個壞蛋以前，我還有一個很迫切的問題：我的恐龍蛋在哪裡？」

三個問號因為之前的事情太過緊張，把這顆蛋都拋到了腦後。佑斯圖小心的把背包打開。背包裡看不到蛋的蹤跡，取而代之的是一顆綠色的小腦袋，正好奇的探出包包開口——一隻小蜥蜴想要爬出來。

當杜利教授看見這個小東西時，眼睛裡充滿淚水。「不可思議啊！一個新的物種！我真的發現一個從未被發現的蜥蜴種類！這是我研究生涯的高峰啊！最棒的是，發現的人有權利為這個物種命名。但是這個榮譽不屬於我，而是你們三個人！這個蜥蜴物種應該叫什麼名字呢？」

三個問號互相竊竊私語了一番，最後鮑伯終於說：「我們決定將牠命名為『佑斯蜥』（註②）。」

註② 佑斯恐龍的原文為 Justussaurus，Justus 是佑斯圖的原文名字，saurus 當字尾是「蜥蜴」的意思，新蜥蜴是因佑斯圖而得名的。

3個問號偵探團——02

勇闖恐龍島

作者｜晤爾伏．布朗克（Ulf Blanck）
繪者｜阿力
譯者｜宋淑明

責任編輯｜呂育修
封面設計｜陳宛昀
行銷企劃｜陳詩茵

天下雜誌群創辦人｜殷允芃
董事長兼執行長｜何琦瑜
媒體暨產品事業群
總 經 理｜游玉雪
副總經理｜林彥傑
總 編 輯｜林欣靜
行銷總監｜林育菁
副 總 監｜李幼婷
版權主任｜何晨瑋、黃微真

出版者｜親子天下股份有限公司
地址｜台北市104建國北路一段96號4樓
電話｜（02）2509-2800　傳真｜（02）2509-2462
網址｜www.parenting.com.tw
讀者服務專線｜（02）2662-0332　週一～週五：09:00~17:30
傳真｜（02）2662-6048　客服信箱｜parenting@cw.com.tw
法律顧問｜台英國際商務法律事務所．羅明通律師
製版印刷｜中原造像股份有限公司
總經銷｜大和圖書有限公司　電話：（02）8990-2588

出版日期｜2021年2月第二版第一次印行
2024年4月第二版第六次印行

定價｜300元
書號｜BKKC0037P
ISBN｜978-957-503-734-5（平裝）

訂購服務
親子天下Shopping｜shopping.parenting.com.tw
海外．大量訂購｜parenting@cw.com.tw
書香花園｜台北市建國北路二段6巷11號　電話（02）2506-1635
劃撥帳號｜50331356　親子天下股份有限公司

國家圖書館出版品預行編目資料

三個問號偵探團. 2, 勇闖恐龍島 / 晤爾伏.布朗克文；阿力圖；宋淑明譯. -- 第二版. -- 臺北市：親子天下股份有限公司, 2021.02
面；　公分
注音版
譯自：Die drei??? : Jagd auf das Dino-Ei
ISBN 978-957-503-734-5(平裝)
875.596　　109021123